湯島天神坂
お宿如月庵へようこそ

十三夜の巻

中島久枝

ポプラ文庫

目次

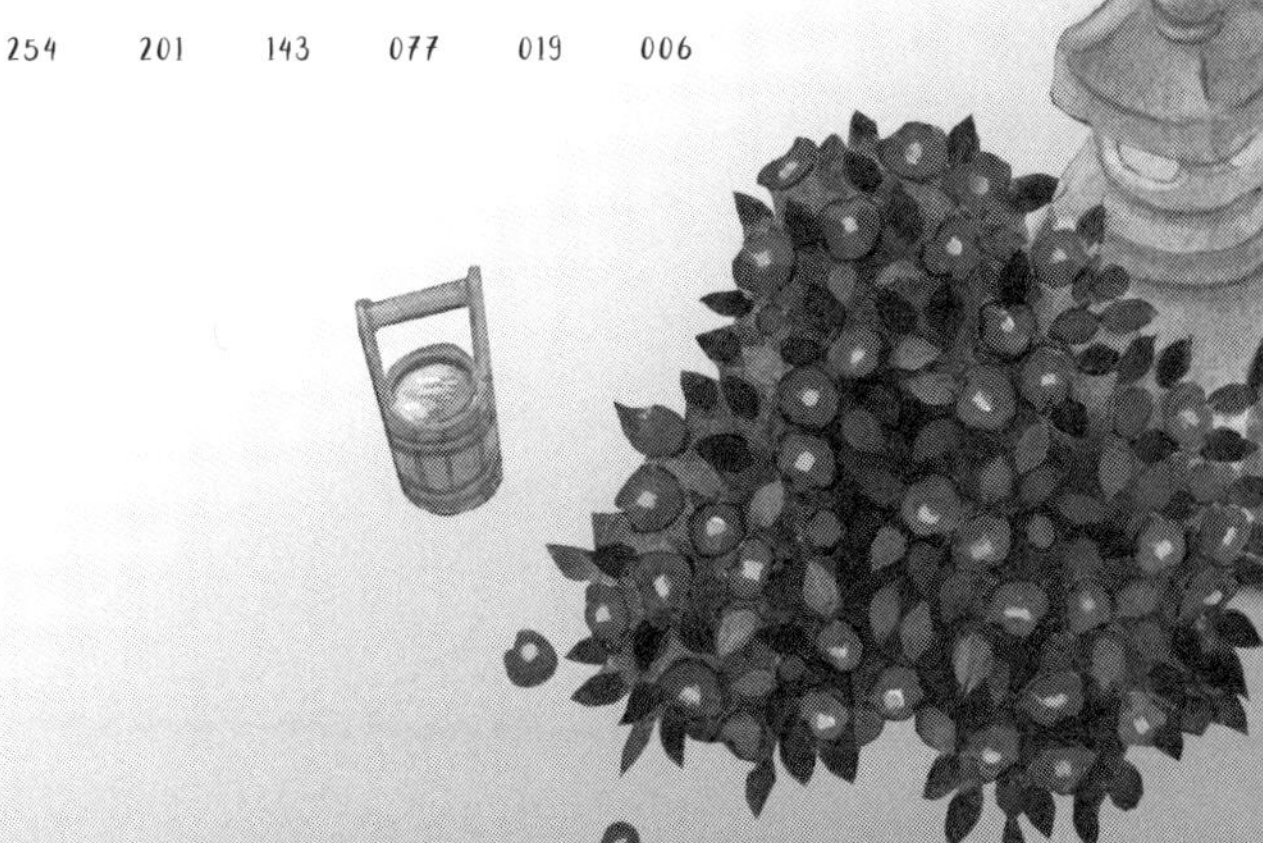

湯島天神坂

お宿如月庵（きさらぎあん）へようこそ

十三夜の巻

中島久枝

プロローグ

お宿如月庵は上野広小路から湯島天神に至る坂道の途中にある。

坂を上がれば武家屋敷や昌平坂学問所がある本郷界隈で、坂を下れば賑やかな繁華街の上野広小路。不忍池もすぐそこで、夕闇が迫り、灯りがつく頃ともなれば、姐さんたちがつまびく三味線の音が聞こえてくる。酒を飲み、人生の楽しみを味わう。

まったく違う顔をもつ坂の上と下の、ちょうど中間にあるのが如月庵だ。

知る人ぞ知る小さな宿だが、もてなしは最高。うまい料理に温かい風呂、部屋係の心遣いに触れれば、浮世の悩みも消えるという。

その如月庵にはさまざまな特技を持った者がいる。

たとえば仲居頭の桔梗は、お客がどうしたいのか、何を求めているのか手に取るように分かるという。それればかりではない。それとなく思う方に誘導する。たとえば……酒好きのお客に食事を勧めたいとき。「そろそろお食事を」などと無粋なことは言わない。お客というのは天邪鬼なもので、宿の者に指図をされるのが嫌なのだ。機嫌が悪くなることもある。

桔梗は差し出がましいことは何ひとつ言わない。それなのになぜか、お客の方が言い出すのだ。「ああ、そうだなぁ。そろそろ飯にしてもらおうか」

下足番の樅助の場合は記憶力だ。今までに見たもの、聞いたことをすべて覚えている。一度来たお客なら、いつ、だれと、どんな用事で来たのか分かっている。一度しか来たことがないお客でも、毎年来ている常連のように扱ってもらえるので、うれしくなる。江戸見物がしたいと相談すれば、流行りの店や人気の芝居を教えてもらえる。じつに頼りになるのだ。

お蕗の特技は、そういうのとは少し違う。もう少し分かりにくい。

年は三十四。肩にも背中にも肉がついている。噂好きで、人が良さそうだ。とくに目立ったところのない、どこにでもいそうなひとり者の女である。

だが、その平凡さが曲者だ。

本当のお蕗はとてつもなく頭のいい女だ。

その頭の良さは、学問ができるというのとは少し違う。

たとえば、お客のちょっとした一言から、大事なことに気づく。気になることがあると、出入りの八百屋に豆腐屋、魚屋などから噂を聞き集める。そうして、ある真理に至る。

だが、お蕗はそれを上手に隠している。

そうしなければならない、理由があるからだ。


如月庵の庭の植木の世話をし、草花を育てるのはお蕗の仕事だ。地植えもあれば、鉢もある。梅に桃に桜、雪柳に山吹、紫陽花（あじさい）、萩にりんどう、山茶花（さざんか）、さらにめずらしい鷺草（さぎそう）やすみれなどの山野草がある。如月庵の客間に飾られる花は、すべてお蕗が丹精したものだ。

梅乃（うめの）や紅葉（もみじ）がうっかり藪に足を踏み入れようものなら、たちまちお蕗に見つかって枝が折れたとか、根元が傷つけられたといって叱られる。二人がかわいがっている猫が地面を掘り返そうものなら、もう大変だ。せっかく根付いた草木が枯れてしまったと文句を言われる。

だから、如月庵の者たちは草の生えているところには足を踏み入れない。踏み固められた地面を選んで歩くようにしている。

お蕗がそれほど花や植木を大事にするのにはわけがある。

椿の根元に壺を埋めてあるのだ。壺の中には小判が入っている。

もちろん、そのことはだれも知らない。おかみのお松にも伝えていない。椿の根元は猫が掘り返さないように土をよく踏み固めてあり、さらにその上に細かい砂をまいている。もし、だれかが近づいたら、すぐ分かるはずだ。

お蕗は朝晩、花や植木の世話をするために敷地の中をくまなく見回る。水や肥料をやり、雑草を抜き、枯れ枝を取り除く。

だが、椿のある植え込みには近づかない。少し遠くから目をやるだけだ。そのわずかな間に、地面にまいた砂が乱れていないかをしっかりと確認する。

もちろん部屋係の仕事をして、そのほかに花や植木の世話をするのだから、とても忙しい。けれど、お蕗が庭仕事を別のだれかに任せることはない。

お蕗は本当の名前を、お蝶という。家は駒形の川魚を扱う料理屋だった。中でもどじょうが有名で、毎日、たくさんのお客がやって来た。だが、父親が知り合いの借金の証文に判を押したことで事情が変わった。知り合いは逃げてしまい、店は他人の手に渡った。

十三歳のお蕗は根岸で女中として働き始めた。そこでは、お米と呼ばれた。

その家は母屋（おもや）の裏手に離れがあって、七十歳になるおばあさんが暮らしていた。おばあさんは髪が真っ白で、枯れ枝のようにやせていた。おばあさんはわがままだったし、下（しも）の世話があったので、女中たちに嫌われていた。それで若いお菊にその仕事がまわってきた。

おばあさんは日に三度、朝と昼と夕方、家の近所を散歩した。

「体を動かさないと動かなくなるからね」とか、「外の風にあたりたいから」とか、いろいろ理由をつけた。それは、雨が降っても、強い風が吹いても、みぞれの寒い日でも変わらなかった。

家の主も、女中たちも、おばあさんが少し呆けてきたからだと思っていた。自分が言ったことを忘れるのはしょっちゅうだったし、さっき食べたのに腹が空いたと言うことがあった。風呂に入るのを嫌がり、汚れた下着でも平気だった。

「年取るとさ、暑いのも、寒いのも分からなくなるんだよ」と女中頭の女は言った。

だがお菊は、おばあさんが頑なに、散歩を続けるのには、何か特別な理由があるような気がしていた。

おばあさんの散歩の道順はいつも決まっていた。家の近くの池を眺め、竹林の脇を抜け、畑の脇を抜けて寺でお参りし、お地蔵様に手を合わせ、木戸を開けて庭をぐるりと一周して縁側から家に入る。

縁側は高さがあったから、足腰の弱ったおばあさんには大変なことだった。お蕗が手をひいたり、背中を押したりしてようやく上がることができた。やっとのことで部屋に戻ると、おばあさんは荒い息をしていた。

なぜ、そんな無理をして縁側から上がるのだろう。縁側から上がることに意味があるのだろうか。

それで、縁側のまわりをよく見たが、とくに変わったことはない。お蕗が縁側やそのまわりを拭き掃除をしたりしても、おばあさんは格別変わった様子を見せない。

庭には椿の木があった。椿はぽとりと花ごと落ちる。雨が降って、地面に落ちた椿の花は黒ずんで汚くなった。掃除しようと近づいたら、おばあさんが言った。

「やらんでいい」

思いがけない強い調子だった。

いつも半分眠ったようなおばあさんの目が見開かれ、らんらんと光っている。

「でも、雨に打たれて花が汚くなっていたので。このままおいておくと、腐ってしまいますよ」

「それでもいいんだ。そのままにしておけ」

おばあさんは、さらにきつく言った。

何かある、とお蕗は思った。

お蕗はみんなにぼんやりだと思われていた。だが、お蕗はぼんやりではない。むしろ、頭はよく回るし、何事も手早い。しかし、女の奉公人の頭がきれて、手早くて何の得がある？　煙たがられ、余計な仕事を押し付けられるだけではないか。お蕗はぼんやりのふりをしていた。

お蕗はさりげなく、まわりの人におばあさんについて聞いて回った。

「なんでも、生まれは海の近くの方らしいよ」

「ひどい貧乏で、亡くなったご亭主といっしょに天秤棒をかついで商いをしたのが最初なんだってさ」

「ずっと食うや食わずだったからね、金ができてからも始末屋だよ」

「番頭にだまされたことがあってね、それからだれも信用しなくなったらしい。息子でもさ」

「散歩はねぇ、昔っからだよ。日に三回、同じところを歩くんだ」

そんな風にあれこれ聞いているうちに、ある噂が耳に入った。おばあさんには隠し財産というものがあるらしい。それを見た者はいないし、どこに隠しているのかも分からない。

　これだ、と思った。

　お蕗はおばあさんの見ている前で、もう一度、椿の木のそばに寄ってみた。

「お前、そこで何をしてる」

　半分眠っていると思っていたおばあさんが、目を開けてこちらをにらんでいる。

「あ、すみません。猫の声が聞こえたような気がしたもので」

　わざとのんきそうな声をあげた。

「猫なんていいんだ」

　おばあさんは言った。

　椿の木だ。間違いないとお蕗は確信した。

　おばあさんは椿の木の根元に金を隠した。庭を眺めるふりをして、見張っている。

　しかし、庭ばかり眺めていたら怪しまれるかもしれない。それで、家のまわりをぐるりと回ることにしたのだろう。

　長い年月が過ぎ、おばあさんは少し呆けてきた。だが、身についた習慣だけは残っている。なぜ、縁側から上がるのか忘れてしまったけれど、続けているのだ。

お蕗はじっと機会を待った。それから、何年か過ぎた。

ある晩、近くで火事が起こった。火の手が近づいてきて、みんなはあわてふためいた。

お蕗はおばあさんを背負って母屋に走った。

「ご隠居をお願いします」

力のありそうな手代に背負わせた。

「よし、きた」

人の良さそうな手代はおばあさんを背負って、走って出て行った。

火はますます近づいてくる。家族も店の者も大事なものを持ち出そうと、右往左往していた。お蕗はそっと暗い離れの庭に戻り、椿の根元を掘った。

かちりと音がして、硬いものにあたった。掘り起こすと、壺だった。

お蕗はそれを抱いて逃げ出した。壺には小判で五十両という大金が入っていた。

翌朝、火事は収まった。

ずいぶん大きな火事でお蕗が働いていた店も焼けてしまったらしい。奉公人たちも散り散りになっただろう。お蕗のような下っ端の女中がいなくなっても、しばらくは気づかれないに違いない。

お蕗は壺を抱えて、炊き出しに行った。

そこで食べ物をもらい、着物を着換えた。着ていた着物は泥だらけで、煙の臭いがしみついていたのだ。

「あんた、後生大事に壺を抱いているけど、その中には何が入っているんだい？」

炊き出しを手伝っていた女に聞かれた。

「ああ、これは梅干の壺だ。死んだおっかさんが漬けたんだ」

お蕗は言った。

「そうかぁ。そりゃあ、大事にしなくちゃねぇ」

女は言った。

お蕗は世間話に興じ、まわりの人たちの世話を焼き、いっしょに泣いたり、笑ったりした。お蕗が持っているものといえば、古い壺だけだったから、みんな気の毒がって親切にしてくれた。

何日かすると、炊き出しはなくなった。

さて、どうしようか。

お蕗は考えた。

壺の中にあるのは小判だった。お蕗のような奉公人風情が小判を持っていたら怪しまれる。金はあっても使えないのだ。

仕事を紹介してもらうなら、口入屋だ。だが、なぜ、店に戻らないのかと聞かれるだろう。

困っていたら、お松に会った。

「あんた、行くところがあるのかい？」

お松はたずねた。

年は四十の半ばだった。髪は黒々として背が高く、腰回りのしっかりとした堂々とした体つきをしていた。お松の大きな、力のある目がまっすぐにお蕗を見たので、お蕗は心の中まで見透かされたような気がした。

「湯島天神坂で如月庵って旅館をしている。よかったら、うちで働かないか」

お松が言った。

そこでお蕗という名前をもらい、以来、ずっと働いている。

もう十年も前の話だ。

以前、お蕗はお松にたずねたことがあった。

「あのとき、どうして、あたしに声をかけてくださったんですか？」

お松は答えた。

「あんたは、ほかの女たちとちょっと違ったからさ。何か隠していることがあるのかい？　それとも、とんでもないことを仕出かしたか。あたしは、そういう人を探しているんだよ」

お蕗は相変わらず、噂好きでおしゃべりな、どこにでもいそうな女である。

本当の自分は隠している。

地面に埋めた壺の中身のように。そのときが来るまで隠しているのだ。

第一夜

姑の残した玉手箱

1

「ねぇ、見て、見て。厚い氷が張ってるよ」

梅乃は睡蓮鉢に張った氷を指さした。梅乃は如月庵の部屋係だ。浅黒い肌に引きしまった体、くりくりとしたよく動く目が愛らしい娘である。年が明けて十七になったばかりだ。

「ほんとだ。どれくらいの厚さがあるんだろう」

同じく部屋係の紅葉が指で押す。一つ年上の十八歳で、目尻の下がった眠そうな目とぽってりと厚い唇をしている。首も手足も細いのに、胸だけが毬(まり)でも入れたように大きく突き出している。

二人とも朝の掃き掃除の最中だ。あれこれ、やらなければならないことがあるのに、ついつい面白そうなことがあると、そちらに暇をとられてしまう。

「わぁ、冷たいよぉ。指が凍っちまうよ」

叫びながら紅葉は氷を取り出した。厚さは一寸ほどもあるだろうか。朝の光を浴びてきらきらと光っている。

「ね、虹みたいに色が見えるよ。きれいだね」

梅乃は目を見張った。

「うん。まったくだ」

氷を通して見ると、向こうの世界がゆがんで、少しぼんやりと見える。

「ねぇ、面白いよ。向こうの松の木がお化けに見える」

「私も見たい」

梅乃が氷を受け取ろうとしたとき、二人の手から氷は離れて地面に落ち、砕け散った。

「ああ、壊れちゃった」

梅乃が残念そうな声をあげた。

「いいさ。また、明日、新しい氷が張る」

そう言った紅葉は急にまじめな顔になった。

「ねぇ、後でさ、ももんがあを見つけに行こうよ」

「ももんがあって、何？」

梅乃はたずねた。

「ももんがあっていうのはね、暗闇に隠れていて人の背中に張り付くお化けなんだ。

一度、そいつに取りつかれると、死ぬまで逃げられないんだ」

怖がりのくせに怖いものが大好きな紅葉は、どこからか、そういう話を仕入れてくる。

「そんなものいないわよ。どうせ、だれかのつくり話でしょ」

「それが本当にいるんだな。暗闇坂の途中に古い祠（ほこら）があるじゃないか。あの祠のあるあたりに棲んでいるんだ」

紅葉は自信たっぷりに断言した。地元の人が暗闇坂と呼んでいるのは、池之端（いけのはた）に下りる急坂のことだ。狭くて曲がりくねっている上に、木立が茂っていて一年中薄暗く、あまり人が通らない道だ。その坂道の途中に、何を祀っているのかよく分からない古い祠がある。

「ももんがあを見つけてどうするの？」

梅乃がたずねた。

「どうするも、こうするもないよ。あんたは、ももんがあを見たくないのかい。お化けが、このすぐ近くにいるんだよ」

紅葉は信じられないという顔をした。

「取りつかれたら死ぬまで逃げられないんでしょ。どうするの？」

「だからぁ。向こうがこっちに気づく前に逃げればいいんだよ。簡単だよ。大丈夫だ」

手にした竹ぼうきを振り回しながら言う。

「うん、じゃあ、行ってみる」

紅葉の勢いに押されて、梅乃もうなずいた。

それで、その日の午後、出かけることにした。薄青い空が広がる明るい日だった。

だが、暗闇坂は暗く、じめじめと湿った風が吹いていた。

梅乃は坂の上まで来て、後悔した。

「ねぇ、ももんがあって大きいの？　どんな格好をしているの？」

「分からないんだ。めったに人の前に姿を現さないから。だけど、傍に行くと、鳴き声がするらしい」

「どんな？」

「クックワ、クックワ」

紅葉は喉の奥から絞り出すような声を出した。

「鳥みたいなの？」

「そうだね。たぶん。羽があるかもしれない。空を飛ぶんだ。体は夜の闇のように真っ黒だ」

「じゃあ、空から私たちを捕まえにくるかもしれないわね」

「ああ、だから見つかったら最後、逃げられないんだ」

坂道を下りながら、そんな話をする。

やがて祠の入り口が見えて来た。

そこは木が生い茂っていて、さらにいっそう暗い。樫の木だろうか。伸びた枝には色の悪い葉がついていて、地面には半分腐った枯れ葉が積み重なっている。枯れ葉が厚くおおいかぶさった敷石の先を目でたどっていくと、祠が見えた。屋根が破れ、柱が傾いている。

おそらく守る人がいなくなって荒れてしまったのだろう。

人々に忘れられ、捨てられてしまった祠の神様はとても怒っていると聞いたことがある。そういう場所に、遊び半分で近寄ってはいけないと言われたことを思い出した。

「ねぇ、やめようよ。もう、ここまで来たからいいじゃないの。帰ろうよ」

梅乃は紅葉の袖をひいた。

「しー。黙って。声をあげたら、ももんがあに見つかっちまうじゃないか」

紅葉が先を行き、梅乃はこわごわ、紅葉の後についていった。

あたりはひどく静かだ。二人の湿った足音だけが響いている。

古い祠の前についた。

壊れかけた扉はしっかりと閉じていた。中にどんな神様が祀られているのか分からない。

梅乃は手を合わせ、心の中で祈った。

――遊び半分に来たのではありません。ももんがあの姿を一目見たかっただけです。騒がせてすみません。だから、絶対、ぜったい、ゼッタイ、私たちに悪いことが起きないようにしてください。お願いします。

紅葉が息をのみ込む。

――どうしたの？

梅乃は目でたずねる。紅葉が茂みの奥を指さした。

何かいるらしい。

耳をすます。

――逃げようよ。

梅乃は目で訴える。紅葉の袖をつかんだ。

その手を振り払って紅葉は茂みに向かって足を進める。そっと、そっと。

木立の奥は暗くてよく見えない。目をこらすと、黒い影が見えた。

木の切り株だろうか。

あたりを探るように二人は、一足、一足、ゆっくりと進む。

遠くで烏（からす）が鳴いた。

その途端、影が動いた。

「わあ」

紅葉が叫び、梅乃を突き飛ばして逃げ出した。梅乃も夢中で駆け出した。

「わあ、わあ、わあ」

「はあ、はあ、はあ」

梅乃は枯れ葉に足を取られて転んだ。後ろで何かが近づいてくる気配がした。立ち上がろうとして、もう一度転んだ。

何かがやって来る。

ももんがあだ。ももんがあに取りつかれる。

「嫌だあ、嫌だあ。だれか助けて」

梅乃は泣きながら叫んだ。

声を聞きつけた近所の人がやって来て、紅葉と梅乃は助けられた。報せを受けて桔梗と縦助が来て、近所の人に謝った。梅乃は紅葉に助けられながら、足を引きずって帰り、お松たちにたっぷり叱られることになった。

だが、この話にはおまけがついた。

茂みの陰に女が倒れていたのだ。髪は乱れ、着物も泥だらけで、何日も食べていないのか体も弱っていたので、坂の上の医者の宗庵に預けることになった。

そんなことがあって二日ほどが過ぎた。その日、如月庵の客となったのは、浅草の布団店、岡本屋のおかみ、おきみである。不忍池を臨む二階の部屋に通し、梅乃が部屋係となった。

「部屋係の梅乃と申します。お客様が気持ちよくお過ごしいただけますよう、お世話をさせていただきます。お気づきのことがございましたら、何なりとお申し付けくださいませ」

梅乃が挨拶をすると、おきみは口の中で何か答えた。だが、言葉は聞こえない。年は三十四、十二の娘と七歳の六歳の息子がいる。

梅乃がいれた茶にも手を伸ばさず、大儀そうに背を丸めて座っている。

「お疲れですか。少し横になられますか」

梅乃はたずねた。

「いいえ。大丈夫。少し、こうしていれば。なぜかしら、この頃、力が入らないの」

おきみはぼんやりとした目を床の間に向けた。

赤い椿が一輪、青磁の壺に生けてある。

「……きれいねぇ」

「これは、庭にあるものを摘みました。ちょうど見頃なんですよ。後で、ご覧になりますか」

「……そうねぇ。でも……、いいわ」

おきみは答えた。

「それなら外をご覧になりますか。少し寒いですが、ここから不忍池がよく見えますよ」

梅乃が窓の外を示した。

「……ありがとう。でも、後でいいわ」

何をたずねても、答えは変わらない。おきみはぼんやりとして、梅乃の言葉が届いているのかどうかも分からない。梅乃はすっかり困ってしまった。

　如月庵に泊るよう勧めたのは、おきみの亭主の徳三郎（とくさぶろう）である。

　岡本屋では病人が続いていた。闘病を経て三年前に舅の徳兵衛（とくべえ）が亡くなり、そのすぐ後、姑のお稲（いね）が倒れた。徳兵衛のときはお稲とともに、お稲が倒れてからはおきみが一人で看病を担った。

　お稲がそうしていたように、おきみは病人の世話を女中任せにしなかった。食事は匙で一口ずつ口に流し、下の世話もした。時間があるかぎり、お稲の傍にいて手足をさすり、話しかけた。

　お稲が本当に弱ってくると、おきみは昼も夜もつきっきりになった。おきみが少しでも傍を離れると、お稲は機嫌が悪くなる。

　おきみはお稲の傍らに布団を敷いて寝起きし、看病した。おきみはやせて、顔色も悪くなった。今度はおきみが倒れてしまうのではないかと、周囲は心配した。

　そんな風に、おきみが尽くしたお稲は三月ほど前に亡くなった。

　葬式をすませると、今度は、おきみがぼんやりしてしまった。目の力が失せて、いつもだるそうにしている。

　このままではおきみが寝付いてしまう。そう案じた亭主の徳三郎は如月庵で静養することを勧めた。見送りについて来て、おかみのお松や仲居頭の桔梗に頭を下げ、板前の杉次に心づけを渡し、おきみ本人には毎日、自分や子供たちが来るから何かあったら言ってくれと含め、帰って行った。

おきみがいつもぼんやりとしているので、梅乃は心配になって桔梗に相談した。

「今まで心が張り詰めていたから、その反動なんだ。そういうときは、こちらからあれこれ言わずに、静かに見守ってあげる。焦らずに、とにかくゆっくりさせてあげるのが一番だよ。大丈夫、元気になったら向こうから、何か言ってくるから」

桔梗は言った。

翌朝、おきみは遅く起きて朝餉をとった。梅乃を相手に少ししゃべり、湯島天神にお参りに行った。昼になると娘と下の息子が遊びに来て、菓子を食べた。夜はゆっくり風呂に入って眠る。その次の日は徳三郎が見舞いに来た。

そんな風にして幾日かが過ぎていった。


その間に如月庵では、ひとつ変わったことがあった。

宗庵の元で療養していた女が元気を取り戻し、如月庵で働くことになったのだ。

おかみのお松の部屋にお蕗と紅葉、梅乃が呼ばれた。桔梗の脇にその女がいた。

「宗庵先生と相談してね、うちに来てもらうことにしたんだよ。本人に聞いたら、以前、女中奉公もしていた、うちで働きたいって言うしね。柏さんって呼んでおくれ」

お松がみんなにそう伝えた。

「柏と申します。よろしくお願いいたします」

女ははっきりとした声で、ていねいに挨拶をした。

年は三十の半ばか。行き倒れていたときは、髪は乱れ、着物も泥だらけのひどいあり様だったが、こんな風に身なりを整えると見違えるようだ。下がり目にしもぶくれのおたふく顔で、美人ではないがどことなく愛嬌がある。

梅乃は柏の様子をそっとうかがった。こんな風に衣服を整えると、どこにでもいるふつうの女の人だ。けれど、あんな風に行き倒れになるということは、何かすごい、人には言えないようなことがあったのだ。

如月庵で働く人は、みんな何か事情がある。そして、それは聞かない約束になっている。

梅乃が火事で焼け出されたなどというのは序の口で、紅葉や桔梗には、それこそ人に言えないひみつがある。そういう人こそ、人をもてなす宿屋の仕事に向いているというのはお松の弁だ。如月庵に来て新しい名前をもらって、生き直すのである。

「いずれは部屋係をしてもらうけれど、しばらくはお蕗について仕事を覚えるようにね。お蕗も頼むね」

「はい、分かりました。よろしくお願いします」

お蕗は頭を下げた。


二日ほど冷たい雨が降って、ようやく晴れた。薄青い空に刷毛(はけ)ではいたような雲がかかって、少しずつだが確実に春が近づいていると実感できるような、暖かい朝だった。

その日の朝餉はかさごの煮つけに豆腐の葛あん、揚げと大根の味噌汁に香の物だった。梅乃が運んで来た膳の上で、温かい湯気をあげている。

おきみがつぶやいた。

「このお味噌汁、いい香り」

ご飯をよそっていた梅乃は思わず顔をあげて、おきみを見た。

そんな風におきみが言葉を発するのははじめてだった。目に力がある。

「お客様。今朝のお味噌汁は香りだけじゃなくて、味もいいですよ」

おきみは一口飲んで顔をほころばせた。

「本当ね。ここの板さんは腕がいいわ」

それからとろりと煮汁をまとったかさごの煮つけに手をつけた。赤い魚は中の身は真っ白で、やわらかい。しょうがを利かせた甘じょっぱい味はご飯によく合う。

「どうしてかしら。今朝は起きたときからお腹が空いていたのよ」

「それを聞いてこちらも安心しました。あまり食が進まないようだったので、心配していたんです」

「まぁ、そうだったの。ごめんなさいね。私、そんなこと全然気がつかなかったわ」

おきみはにっこりと笑った。

「ねぇ、髪結いさんを呼んでくださらないかしら。何だか、髪が重たいような気がするの」

「はい。すぐ、お呼びします。お風呂はいかがですか。ご用意いたしますが」

「そうねぇ。お願いしようかしら」

風呂に入り、新しい着物に着替え、髪を結いなおしたおきみは見違えるように生き生きとした顔つきになった。色白のきめの細かい肌で富士額、長いまつげに彩れた切れ長の美しい目をしていた。華やかな顔立ちの人である。

夕刻、如月庵を訪れた徳三郎は、生き生きとしたおきみの様子を見て喜んだ。

「ああ、よかったねぇ。そうだよ。お前に足りなかったのは、休息だ。体だけじゃない、心が疲れきってしまっていたんだよ。しばらくは家のことは心配しなくていいからね。芝居でも、何でも好きなところに出かけて、ゆっくりしなさい」

そう言って帰って行った。

それからおきみはぐんぐんと元気を取り戻していった。

おきみは快活でよく笑い、よくしゃべる人だった。不忍池がきれいに見えると言って喜び、椿の花がかわいらしいと言って笑った。日本橋（にほんばし）の実家に顔を出し、帰りに買い物をした。

「ねぇ、少し、お酒をいただいてもいいかしら」

「もちろんです。お酒の肴は何をご用意いたしましょうか」

「いかの塩辛はあるかしら。私、子供の頃から生臭いものが好きなの。食べたいって言うと、おじいちゃんがうれしそうに分けてくれたのよ」

「では、いける口ですね」

梅乃が言うと、にっこりとした。風呂上がりのおきみの肌は白くつやつやと輝いていた。

おきみの生家は大きな紙問屋だったそうだ。兄弟は兄が三人におきみの四人。

「兄たちは大事にされたのよ。男だから、家を守っていかなくちゃならないでしょ。

ご飯のおかずも多いし、お風呂も先。でも、その分、躾も厳しかったのよ。すぐ上の兄は、小さい頃、よく風邪をひいた。体を鍛えるために毎朝、乾布摩擦をさせられてたわ。真冬でも外に出て、上は裸になって乾いた布で体をこするの」

寒そうにおきみは首を縮めた。

「もう少し大きくなると、剣道を習うのよ。おっかさんはお武家につながる家の生まれだから、男子の育て方もお武家風なの。その道場の決まりでね、新入りはほかの人より早く道場に行って雑巾がけをしなければならない。そうすると、足腰が強くなるんだっていうんだけれどね、冬でも裸足よ。冷たい水で雑巾をしぼるから手も冷たいでしょ。その上、稽古のときには体の大きい子たちに打たれて、あざだらけ。ちい兄は稽古が辛くて、行きたくないって泣くんだけど、おっかさんは許さない。男が一度決めたことを途中で投げ出してはいけないと言って、引きずるようにして連れて行った」

おきみは手酌で酒をつぐと、くいと飲みほした。

「でね、その間、私は女中と暖かい部屋でおままごとをしていた。少しぐらいおかずが少なくても、女の方がいいわって思っていたわ」

けらけらと笑った。

「私は息子たちをそんなに厳しく育てなかったのよ。だって、そんな思いをして剣道を習わされたちい兄は、年頃のときに吉原通いを覚えて大変なことになったんだもの。今はすっかり真面目になって、婿入り先で商いに励んでいるけど。だからね、子供は自然に育てるのがいいのよ」

翌日は、娘のお春と下の息子良平、徳三郎が三人でやって来た。おきみが好きだという饅頭を食べながら、おしゃべりをした。

「ああ、顔色もいいし、元気そうだ」

徳三郎がうれしそうな顔をする。

「私がいないと困るでしょ」

「ぜーんぜん。かえって楽だよ」

良平が憎らしいことを言う。そのくせ、母親の傍を離れない。

「ねぇ、おっかさん、久しぶりにあれをやってよ」

お春がせがむ。

「何？　何のこと？」

おきみが笑う。

「ほら、あれよ。歌舞伎のまねね」とお春。

「そうだ。久しぶりに見たいよ」と良平。

「そうだ、そうだ。おっかさんの歌舞伎は絶品だ」

徳三郎が相好をくずす。

「分かりました。分かりました」

おきみは居住まいをただすと、胸に手をあてて甲高い声を出した。

――おなかがすいてもひもじゅうない。

徳三郎は手をたたいて喜び、お春、良平は歓声をあげた。茶のお代わりを用意していた梅乃は驚いて目を見開いた。

それは、歌舞伎の人気演目『伽羅先代萩(めいぼくせんだいはぎ)』の名場面だった。

お家騒動の物語で、幼い若君の命が狙われている。守っているのは、乳母の政岡(まさおか)。政岡には若君と同じ年の息子、千松(せんまつ)がいる。

毒殺を恐れる政岡は、若君は病気だと偽り、自分がつくったものだけを二人に食べさせている。部屋の隅で茶道具を使ってつくるのだから、量はほんの少し。二人とも空腹だ。武士はひもじいなどと口にしないと教えられた千松の健気な台詞(せりふ)だった。

「ねぇ、ねぇ、もっと、もっと」

良平がせがむ。

「かしこまりました」

おどけて答えたおきみは、今度は思い入れたっぷりの表情になった。

——出かしゃった、出かしゃったのう。

さめざめと泣く芝居をする。

敵の奥方が持って来た毒饅頭を食べた千松は、政岡の目の前で殺されてしまう。自分の命と引き換えに主君を守った息子にかける政岡の言葉だ。

「本物の役者みたい」

お春が手をたたく。

「じゃあ、最後はあれだな」

徳三郎が誘う。

「嫌ですよぉ」とおきみ。

「うん。絶対、あれが見たい」と良平が言えば、お春も「あれを見なくちゃ帰れない」などと言う。

梅乃も見てみたくなる。部屋の隅に座って始まるのを待った。

「しょうがないわねぇ」

おきみは、もう一度座り直す。しばらくうつむいていたと思ったら、突然顔をあげた。

口をへの字にして顔をゆがめ、腹の底から太い声を出した。

――てもまあよう仕込んだものじゃなあ。

若君の毒殺に失敗した敵役の奥方の捨て台詞だ。

おきみの演じる奥方は、どこかかわいらしい。

良平は転げまわって笑い、お春は涙を流す。徳三郎もにこにこしていた。

結局、三人はおきみといっしょに夕餉を食べ、店があるからと徳三郎は帰り、お春と良平は布団を並べて眠った。

2

寒い朝だった。

梅乃がおきみの部屋に行くと、おきみは黙って外を眺めていた。灰色の厚い雲が空をおおって、冷たい風が吹いている。

おきみが振り返るとたずねた。

「あなた、ひみつがある？」

「……ひみつですか。それは、どうでしょうか」

梅乃は用心深く聞き返した。

「お姑さんにはひみつがあったの。私、そのことに気づいてしまったの。ずっと心の中にしまっておこうと思っていたんだけど、だめなの。気になって仕方がないのよ。もう、毎日、毎日、そのことを考えてしまうの」

「それは……困りましたねぇ。でも、もしかしたら、それはそんなに大きなことではないんじゃないですか。たとえば、ちょっとした思い違いとか……」

梅乃が思いつきをしゃべるが、おきみは聞いていない。

「お姑さんはね、亡くなる前、夢うつつでいろんな人の名前を呼んでいたの。その中にね、辰五郎さんって名前があったの」

おきみは黒い瞳で中空を見つめている。

「辰五郎なんて人、私は知らない。うちの人も聞いたことがないと言っていたわ」

「はあ」

梅乃は困ってあいまいな返事をした。

「もうひとつ、気になることがあるの。お姑さんは自分の病気が重いことを気づいていらしたのね、倒れる前にご自分のものを整理したのよ。私もたくさん帯や着物をいただいたし、神田のお姉さんたちにも分けていた」

神田のお姉さんというのは、徳三郎の姉のことらしい。

「でもね、それはほんの一部なの。納戸の中の着物や帯がなくなっているの。かんざしや帯留も。古くからいる女中に聞いたけど、分からないの。どうやら、お姑さんが自分で持ち出したとしか考えられない。お姑さんはご自分のお金を持っていたはずなのに、それも見当たらない」

「ほかの方に、つまり、ご主人とかに、そのことをおっしゃったんですか？」

梅乃はたずねた。

「うちの人はね、どうせ、たいした金額じゃないだろうから、子供たちの小遣いにしたんだろうって笑っていた。でも、そんなはずないの。結構な額になるの」

急に大変な話になってきたので、梅乃は困って茶の用意を始めた。

「私ね、お姑さんがご自分の着物やかんざしを売ったことを咎めているんじゃないのよ。だって、もともとお姑さんのものなんだし。それに、お姑さんは以前から、私に帯も着物もかんざしもたくさんくださったのよ。自分には派手になってしまったから、好きなのを持って行っていいのよって」

梅乃がいれた茶を飲んで、おきみは言葉を継いだ。

「だからね、欲しくて言っているわけじゃないの。そんな風なけちな根性じゃないのよ」

「分かっています。お客様は、そういう方じゃありません」

「ありがとう。それでね、いろいろ考えたんだけど、つまり、お姑さんは、その辰五郎って人のためにお金を使っていたんじゃないのかと思うの」

「え、でも……」

いや、それは、少し話が飛躍していないだろうか。

「そうとしか考えられないのよ。だって、必要なお金なら、お舅さんでも、うちの人にでも言えばいいでしょ。言えないお金だから、自分の着物をお金に換えたのよ」

「えっと、そのぉ」

梅乃はしどろもどろになった。

「私はただ、知りたいのよ。本当のことを。私たちが知っているお姑さんはやさしくて、芯が強くて、自分のことはおいて、人のことを考えている人だったの。いつも、いつもだれかのために働いていた。でも、もしかしたら、そういうお姑さんにも、何かひとつ、自分のためにしたことがあったのかもしれない。ここだけは譲れないって。そういうことがあったのかもしれない。それを、私は知りたいの」

強い調子で言うと、おきみは湯呑の茶をぐいと飲みほした。

梅乃の心に、いつかの夜のおきみの物まねが浮かんだ。いたいけな子供、忠実な乳母、残忍な奥方。一人の人の中に、じつは、たくさんの違った顔が隠れているのかもしれない。

「何か、その……手掛かりになるようなものがあるんですか」

おきみは懐から紙切れを取り出した。笹屋（ささや）という印が押してある。

「お姑さんの文箱の底に入っていたんだけど、深川（ふかがわ）の大きな質屋さんなの。着物や帯やかんざしをこの店で引き取ってもらったかもしれないの。これから、そこに行ってみたいの」

おきみは駕籠（かご）を呼び、梅乃も供をした。

慣れない駕籠に揺られながら、梅乃は考え込んでしまった。

女にとって着物や帯、かんざしは特別なものだ。子や孫、親しい友人、仕えてくれた奉公人へと感謝や親しみをこめて贈ることも多い。

それが古かったり、安価なものなら、とことん使い切る。染みがついた着物は染め直し、破れたらつくろい、つぎをあてる。ほどいて布団側にし、最後は雑巾にする。

岡本屋の内儀のお稲が着物やかんざしを金子に換えたというなら、それなりのわけがあるに違いない。

深川の質屋というのも、いかにも、である。

店の近所の質屋に行こうものなら、どこで噂になるか分からない。だから、深川を選んだ。そう考えると筋が通る。

考えているうちに深川に着いた。


質屋の笹屋には大きな蔵があった。

立派な建物だが、入り口は人目を避けるように裏通りに面していて小さい。暮らしに困って質屋通いなどという。人目を避けて、こっそりとやって来るのにふさわしい、目立たない入り口だ。

おきみは、ためらうことなく歩を進めた。

のれんをくぐり、案内を乞うと中年の番頭が出て来た。

「お忙しいところ申し訳ありません。浅草の岡本屋という店の者ですが、少しうかがいたいことがございまして。じつは、三月ほど前に亡くなった姑のことでございます。着物などを手放したようなのですが、こちら様に姑はまいりましたでしょうか」

一息に告げると、番頭は困った顔になった。

「少々お待ちくださいませ」

奥の部屋に通された。

「私一人じゃ心配だから、あなたも後ろについていてね」とおきみがささやくので、梅乃も後ろで控えることにした。

しばらくすると、ごま塩頭の店の主が出て来た。おきみは自分が浅草の岡本屋から来たこと、亡くなった姑の品物を調べたら、着物などがずいぶんなくなっていること、文箱の中からこの店の名を書いた紙が出てきたことを伝えた。

「姑が自分の裁量でしたことですから、咎めるつもりではないのです。ただ、なぜ金子が要りようだったのか、分からないので困っております。もし、そちら様で、お心当たりがございましたら教えていただけると、ありがたいのですが」

つかつかと店に入っていったおきみだが、店主を前にして緊張してきたのだろう。声が震えていた。

店主はおきみを値踏みするように眺めた。

おきみは髪に大ぶりの鼈甲（べっこう）かんざしを挿していた。商家の妻女には少々派手かもしれないが、おきみの華やかな顔立ちにあっていた。裾に白く鷺草の模様を散らした海老茶の着物や薄茶の帯は手入れがよく行き届いているし、若草色の帯締めとも色合わせがよい。それ相応の暮らしぶりだと気づくはずだ。

「岡本屋のご隠居様のことでしたら、前々から手前どもとはおつきあいをさせていただいておりました。着物だけではなく、切手などもずいぶんお持ちくださいました」

「切手、ですか？」

はっとしたように、おきみは目をあげた。

贈答に使う酒や菓子などの商品切手のことだ。店で扱うものとは別に、お稲が自分の裁量で扱う商品切手もずいぶんあったはずである。

「姑は理由を何か言っていましたでしょうか」

「いえいえ、とくには……。こちらからも、うかがいませんし」

店主は落ち着いた様子で答えた。

「金子はどれくらいをご用意いただいたのでしょうか」

店主は番頭に大福帳を持ってこさせた。

「近いところですと、三年前に十両ほど。十年前にはかなりまとまった金額を御用立て致しました」

「まとまった金額……」

そう口の中で繰り返したおきみの顔がすうっと白くなった。

質屋を出てから、おきみはずっと黙っていた。肩を落とし、うつむいている。その肩が小刻みに震えていた。

「あの、もし、よければ、少しどこかで休みませんか」

梅乃は声をかけた。

おきみは足を止めた。

「そうね。お茶でもいただきましょうか」

近くの茶店に入り、温かいほうじ茶と団子を頼んだ。茶を一口飲むと、おきみは大きなため息をついた。

「ねぇ、聞くけど、あなた、だれか好きな人がいる？　自分が病気になって夢うつつでその人の名前を呼ぶくらい好きなのよ」

宗庵の下で働いている医師の桂次郎（けいじろう）の顔が一瞬浮かんで、消えた。長崎帰りの医師で腕が立ち、患者思いで顔立ちもいい。梅乃はその人に憧れていた。けれど、それはとても淡い気持ちだった。桂次郎が姉とつきあっていることを知って、うれしい、応援したいと思うくらいに。

「とくには……いません」

「私にもいないわ」

おきみはあっさりと言うと、淋しそうな顔をした。

「でもお姑さんにはいたのよ。辰五郎さんって人が」

「辰五郎さんは、お稲様の心の人かどうかは、まだ分かりませんよね」

梅乃はあわてて言った。

「じゃあ、どういう人なら名前を呼ぶのよ、舅は徳兵衛で、息子は徳三郎。知り合いに辰五郎なんて人はいないわ。お姑さんは辰五郎って人に、こっそりお金を都合したのよ」

「……ですから、それはまだ分からないのでは……」

「じゃ、ほかにどんな理由が考えられる？」

おきみは恨めし気な目で梅乃を見る。

「その……、お寺に寄進したとか、火事のときの炊き出しに使ったとか……」

「そういうお金なら堂々とお舅さんからもらうわよ。こっそり質屋に行ったりしないわ」

おきみは頬をふくらませた。

梅乃はうつむいた。

「岡本屋は布団屋なの。布団に入るとね、人はだれでも自分に戻れるの。みんなそれぞれ自分の役割というものがあるでしょ。母親には亭主や子供の世話をする、父親にも、奉公人にも、それぞれ決まった役割がある。でも、布団に入ったら、そういうことを忘れてもいいの。もう、だれも見ていない。本当の自分、内緒の自分に戻れる」

おきみは中空をにらんだ。

「店にはたくさん布団があるわ。毎日、いろんな人が来て注文をしていくの。これから祝言をあげる人もいるし、長く使った布団を打ち直しに出す人もいる。ときには、わけありな二人が買うこともある。今あるひみつ、これから起こるかもしれないひみつ、いろんなひみつが店にはひしめいているわけ」

おきみは遠くを見る目になった。

「お姑さんはね、妻の鑑のような人だったのよ。やさしくて温かくて。お舅さんや息子や娘のことを第一に考えて、自分のことは後回し。家を守り、家族を大事にした。お姑さんが嫁に来た頃は、まだ岡本屋も今のように大きくなかったから、店も手伝うし、家のこともする。朝から晩まで働き詰めに働いて、最後はすりきれるようにして亡くなった。偉いなぁと思う一方で、私には絶対にできない、お気の毒とも思っていたのよ」

おきみは茶をごくりと飲む。

「そのお姑さんに家族にも言わないひみつがあったなんて、本当にびっくり。そんな様子はぜんぜんなかったもの。お舅さんのわがままをみんな聞いて、我慢して耐えて。伽羅先代萩の政岡が商家にいたら、こんなだったんじゃないかしらっていうくらい。それなのに、お姑さんには辰五郎って人がいたのよ。ずるいじゃないの」

芝居がかった様子でおきみはおどけた。

「私は今年三十四よ。秘め事のひとつも知らないで年をとってしまうなんて、つまらない人生だと思わない？」

「つまらないと、言われましても……」

「私は母親で、妻で、おかみ。それだけだわ。お芝居みたいなことは、ひとつもなかった」

おきみは頬をふくらませた。

「そんなことはないです。おひとりで三つもの役をしている。すばらしいじゃないですか。ほかに何が、お望みなんですか？　私は如月庵の部屋係ということだけで、もういっぱい、いっぱいです」

　おきみは梅乃の顔をまじまじと眺めた。

「贅沢な悩みだって言いたいの？」

「いえ、そういうことじゃなくて……」

「そうねぇ。あなたは、まだ若いものねぇ」

　そう言って黙ってしまった。


　仕事を覚えるため、柏はいつもお蕗の傍にいる。

　朝の掃除から始まって、お客を迎え、部屋に案内し、茶をいれる。こまごまとしたことをお蕗とともに行う。

　女中奉公をしていただけあって、柏はあれこれ手慣れていた。そして、物覚えがいい。一度教えたことは、間違わない。

「あんたは、偉いねぇ。何でもいっぺんで覚えちまう。あたしは、身につけるまで大変だったよ。何度も桔梗さんに叱られた」

「そんなことありません。お蕗さんといっしょにいるからです。一人だったら、こんなにうまくできるかどうか分かりません」

柏は如才なく答える。

——油断のならない女だな。

お蕗は少し警戒する。

いや、本当に油断がならないのはお蕗のように、肝心なことを忘れてしまい、何度教わってもうまくいかず、失敗ばかりしているような女なのだ。

——つまり、如月庵にずっとおいてもらおうと必死なだけなのかもしれない。

そこでお蕗は、安心する。その繰り返しだ。

「お蕗さん、離れのお客様の夕餉のことなんですが、お酒はどれくらい飲まれるんでしょうかねぇ」

「ううん、そうだねぇ。そうだ。杉次に相談してごらん。あの人はそういうの、よく分かっているから」

「分かりました。確かめてきます」

板場に走る柏の後ろ姿を見送って、お蕗はため息をついた。

四六時中、柏がくっついているので庭に出られない。本当はもっとゆっくり時間をかけて見回りたいのに。

なんだか、いらいらする。

おきみは昼の疲れが出たのか、夕餉をすませると横になって眠ってしまった。梅乃が階下に下りて来ると、下足番の縦助のところに紅葉とお蕗、柏が集まって火鉢で暖を取っていた。

「ねぇ、縦助さん、秘め事って、そんなにいいものなんですか？」

梅乃がたずねると、「なんだぁ、いきなり」と目をむいた。

「だって、お客さんが秘め事のひとつも知らないなんて、つまらない人生だって言うから」

「二階に泊っている布団屋のおかみさんのことかい？」

「そうです」

梅乃はうなずき、亡くなったお姑さんの「秘め事」を探っていることを伝えた。

「あんた、そりゃあ、やめた方がいいよ。まずいことになるよ」

お蕗が口を開く。

「ああ、そうだね。男と金がからむとろくなことにならない」

紅葉も分かったようなことを言う。

「そうですねぇ。そういう話をよく聞きます」

柏も続ける。

「そうだなぁ。何か芝居にあるようなことを考えているんだろうねぇ。だけど、芝居ってのはつくりごとだ。役者が舞台で演じるから面白いんだ。実際には、そんなきれいなことじゃないかもしれないよ。浦島太郎の話は知っているんだろ」

縦助は諭すような言い方になった。『御伽草子』に出て来る浦島太郎は乙姫様に開けてはいけないと言われていた、玉手箱を開けて、白髪の老人に変わってしまった。

「世の中には知らない方がいいことがあるんだよ」

お蕗が断言する。

「梅乃もさ、ただ、お客さんの言う通りにしてたらだめなんだ。ちゃんと言ってやりなよ。そういうことはしない方がいいって」

紅葉が言う。

「だって、相手はお客さんなのに……」

「それを、うまく言うのが部屋係の腕じゃないか。桔梗さんを見なよ」

お蕗が叱る。つまり、上手に気持ちを他にそらせろというのだ。

「芝居でも勧めてみたらどうだい」

縦助が勧めた。

「分かりました。やってみます」

本当にそんなことができるだろうかと思いながら、梅乃は答えた。

翌朝、おきみの部屋に行くと明るい顔をしていた。

「床の間にいつもきれいなお花を生けてくださってありがとう。椿はいいわ。私は椿が一番好き。祖父は庭にたくさん椿を植えていたのよ。椿ってね、たくさん種類があるの。豊後絞り（ぶんご）でしょ、青白（せいはく）、眉間尺（みけんしゃく）に乙女。椿っていう字は『海石榴』と書いたりするのよ」

楽しそうにあれこれとしゃべる。なんだか、小枝で小鳥がさえずっているようだ。

梅乃がお芝居でもいかがですかと言おうとしたその途端、おきみが口を開いた。

「今日は、内藤新宿（ないとうしんじゅく）の方へ行ってみようと思うのよ。お姑さんの実家は、内藤新宿なの。だからね、辰五郎さんも内藤新宿の人なのよ。いっしょになる約束をしたけれど、親に反対されて岡本の家に来た。でもね、心の中では、ずっとその人のことが好きだったのよ」

内藤新宿は甲州街道の宿場町だ。

「お芝居の話じゃなくて？」

「そうよ。そういうことをよく聞くわ。ありそうなことだと思わない？」

ここでひるんではだめだと、梅乃は身を乗り出す。

「あの……、昨日もお出かけでお疲れではないでしょうか。それに、今日はお天気が悪くなりそうですから……」

「あら、そう？　空はきれいに晴れているわよ。それに、一晩眠ったらすっかり疲れがとれたの。ご飯を食べたら、すぐに出かけたいわ」

桔梗のようにはいかない梅乃だった。

その日の朝餉は、肉厚の鯵の干物をこんがりと焼いて、甘じょっぱい厚焼き玉子、雷こんにゃくにしじみの味噌汁、香の物、ご飯だ。

雷こんにゃくはつくるときに、ばりばりと大きな音がするからその名があるそうだ。如月庵のものは、ちぎったこんにゃくをごま油で炒めて、しょうゆや砂糖で味を調える。赤唐辛子の輪切りは辛みづけだ。

「そうそう。この唐辛子。これが内藤唐辛子よ。毎年、お姑さんの実家から、たくさん送られてくるわ。昔は、お兄さんたちは張りぼてを背負ってとんがらし売りをしていたんですって」

おきみは屈託ない様子でしゃべる。

おきみの言うとんがらし売りは、六尺（約１８０㎝）ほどもある赤い唐辛子の張りぼてを背負って唐辛子を売り歩く行商人のことだ。張りぼての中には、売り物の粉唐辛子や焼き唐辛子、七味唐辛子などが入っていて、「とんとんとん唐辛子、ぴりりと辛いは山椒の粉、すわすわ辛いは胡椒の粉、けしの粉、胡麻の粉、陳皮の粉、とんとんとん唐辛子」と言いながら売り歩く。

結局、その日は内藤新宿に行くことになった。

如月庵の草木の手入れはお蕗に任されている。どこに何を植え、いつ枝を切り、肥料をほどこすかお蕗が決め、自分で行う。部屋に飾る花も、お蕗が切って用意する。お蕗は草木に詳しいからというのは表向きの理由だ。お蕗には、庭を監視しなければならない理由がある。椿の根元に金を埋めてあるからだ。

椿だけを注視していたら、すぐにだれかに気づかれてしまう。

如月庵の表も裏もくまなく目を配って、上手に実をならせたり、花を咲かせたりしているから、疑われないのだ。

入り口近くの植え込みから始めて、玄関に至る小道の脇の笹、玄関脇のつつじ、中庭の楓、つわぶき、さらにその先のびわや柿や栗にいたるまで注意深く見ていく。

もちろん、椿の木はさりげなく、しかし注意深く観察する。地面に砂をまいてあるので、何者かが近寄ればすぐ分かる。

一時、紅葉と梅乃が世話をしている子猫が椿の木に登って遊ぶことがあった。小さな猫の足跡が砂に残っていて気づいた。すぐさま猫の嫌いな臭いのする砂をまくと寄り付かなくなった。

このところ毎朝、お蕗は部屋に飾るための花を切っていた。七分咲きのちょうどいいところを選んで切り、かごに入れながら、おやと思った。

砂の感じがいつもと違う。

ふと、人の気配がして振り返ると、柏がいた。

ぎょっとした。いつから、そこにいたのだろう。

「お蕗さん。庭のお手入れですか。お手伝いしましょうか」

「いや、いいんだよ、ここは。庭の手入れは、あたしが好きでやっているんだから。楽しみなんだよ」

お蕗はいつもの調子で答えた。

「分かりました。ああ、きれいですねぇ。私、椿の花が好きなんですよ」

「そうかい。あたしも大好きだ」

「いつまで見ていても飽きませんねぇ。私、お蕗さんがお仕事をされている姿を眺めて感激していたんですよ。上手だなぁと思って」

無邪気な顔で笑う。

「いやだねぇ。花を切るのに上手もへたもないだろう」

お蕗は柏とともに母屋に戻った。この女は油断がならないと思いながら。

おきみと梅乃は内藤新宿の宿場の入り口で駕籠を降りた。

街道沿いに商家が並び、荷を運ぶ牛馬がひっきりなしに通り過ぎていく。

名物の内藤唐辛子を売る店はいくつもあった。

入り口には赤い唐辛子の絵を描いた提灯があり、店先には焼き唐辛子や粉唐辛子など、さまざまな唐辛子が並んでいる。店の奥の方は仕事場で、職人が薬研で唐辛子を粉にしているのが見えた。

おきみはそのうちの一軒に入っていった。店先で声をかけると、女が出て来た。

店を切り盛りしているのはお稲の姉で、女は息子の嫁のお継(つぎ)だ。

「まぁ、岡本屋の奥さん、今日は、どうなさったんですか」

「いいえ。ちょっとこちらの方に用がありましたものですから、ご挨拶にと思いまして。姑の葬儀の折にはありがとうございます」

「とんでもありません。こちらこそ、いつもありがとうございます」

そんな風に挨拶が交わされて「どうぞ、奥でお茶でも」と言われて上がり、途中で用意した茶菓子を渡す。梅乃も脇の方に座って、二人の話を聞くことになった。

「早いものですねぇ、お稲おばちゃんが亡くなってもう、三月（みつき）」

「ええ。この頃、毎日、お姑さんのことを思い出してしまうんです。昔のことをよくお話しされていたんですよ。秋になると、唐辛子の畑が真っ赤に染まってきれいだったとか」

「ああ、そうでしょうねぇ」

そんな話が続き、頃合いと思ったおきみが話を切り出した。

「じつはね、お姑さんが亡くなる前に辰五郎さんって方の名前を言っていたんですけれど、お継さん、心当たりがありませんか」

誘うような目をする。

「辰五郎さんですかぁ。私は聞いていませんけれど……。ちょっと待ってくださいね」

お継が呼ぶと、奥からお稲の姉のお芳（よし）が出て来た。髪は白く、背中も曲がっているが、声は大きく、目に力がある。

「お姑さん、岡本屋のおきみさんがね、お稲ばあちゃんの知り合いで辰五郎さんという方はいませんかって、わざわざ浅草から聞きにいらしたんですよ」

「たつごろう？　そんな人は聞いたことがないねぇ」

兄弟姉妹はもうみんな先に逝き、残っているのはこのお芳一人だという。

「たとえば、ご近所にお住いの方にはいらっしゃいませんか？」

おきみは食い下がる。

お継は隣家に聞きに行き、しばらくすると、山さんと呼ばれる禿頭の老人が杖を突きながらやって来た。

「辰五郎？　粋な名前だねぇ。ここらの人は、そんな男前の名前じゃねぇよ」

歯のない口で笑った。

お継がおもたせの饅頭と茶を持って来ると、お稲の思い出話になった。

「お稲ちゃんが子供の頃は店もまだ小さくて、職人もいないから、お稲ちゃんが薬研で唐辛子を刻んだり、粉にしていたんだよ。唐辛子は目に染みるんだ。だけど、あの人は文句ひとつ言わなかった、辛抱強いんだねぇ」

山さんが言う。

「あの頃はみんなそんなもんだったよ。兄ちゃんたちは、とんがらしを売りに遠くまで出かけていたから」

お芳が遠くを見る目になる。

「お姑さんをひそかに慕う人がいたんじゃないですか」

おきみがたずねた。

「ひそかに慕うったって……。そんなこと考えたこと、ねぇしなぁ」

山さんは大きな口を開けて笑った。

「だって、あの子は不器量だもん。わしの兄弟は兄が二人に娘が三人。あの子が一番色が黒くて鼻も低かった」

お芳が言えば、「あはは、そうだったねぇ。器量よしとは言えなかった」と山さんもうなずく。

「そんなこと、ないですよ。お姑さんはきれいな方でしたよ」

おきみがあわてて打ち消した。

「そうだねぇ。お嫁に行って何年かして、会ったときびっくりした。人っていうのは暮らしぶりで顔つきも変わるんだねぇ。ここにいた頃は、お母ちゃんの世話もあったし、店も大変だったから、お稲の顔にそういうのが出ていたんだねぇ」

お芳がしみじみとした言い方をした。

お稲の両親が唐辛子を商う小さな店を開いたのが、五十年ほど前のこと。名物とはいえ唐辛子を売る店はほかに何軒もあるから、競争は激しい。兄は行商に行き、お稲たちは唐辛子を切ったり、粉にしたりしながら店で売った。仕事を求めて兄たちはよそに行ってしまい、次々と姉たちは嫁ぎ、母親は病に倒れた。父親を助けてお稲が店に立ち、家事をし、病気の母親の看病を引き受けた。

苦労の連続だったお稲だが、その働きぶりを周囲は見ていた。遠縁にあたる岡本屋の先々代、つまりお稲の舅にあたる人がその話を聞きつけ、母親を見送ってしばらくして、お稲に息子の嫁に来てほしいと言ったのだ。

「おじいさんが、何の支度もできねぇけどいいかって聞いたら、どうぞ、身ひとつでって言われたから、お稲ちゃんはほんとに柳行李（やなぎごうり）ひとつで嫁いだんだ」

山さんが言う。

「そういうことがあったから、あの子は本当に身を粉にして岡本屋さんのために働いたんだよ。お姑さんもなかなか難しい人だったけど、よく仕えてね、最後はよくやってくれた、ありがとうって言ってもらえたんだってさ」

お芳が涙ぐむ。

「あの頃の岡本屋は今のようじゃなくて、何べんも大変なことがあったって聞きましたよ。職人の手間賃が払えないから、お姑さんが夜なべして布団を縫っていたって。うちの人はおかあちゃんはいつ寝るんだろうって思っていたって言ってましたから」

おきみも涙を浮かべる。

俗に、嫁は下からもらえという。お稲はまさにその通りで、働き者で苦労を厭わないことから選ばれたのだ。

しかし、その後、店は大きくなり、岡本屋は嫁を働き手として考えなくてもよくなった。だから今度は裕福な家で贅沢に育ち、天真爛漫で器量よしのおきみが選ばれたのだ。

「お姑さんには、私は一から嫁の心得を教わったんですよ。一杯の水も無駄にしないんです。あんたはそうやって気楽に捨ててるけど、この水は、女中たちが井戸からくんできたこと分かっているのかいって言われて」

「ああ、そうだねぇ。お稲ちゃんは、偉くなってもそういう風に、下で働く人のことを忘れないんだよ」

山ちゃんがしみじみとした言い方をする。

「うちで漬けたんですけど、お口に合いますかねぇ」

お継が青菜漬けを出してきた。刻んだ赤唐辛子が散っている。話はますます盛り上がる。

「ほら、二十年前の台風でさ、このあたりの唐辛子が全部だめになったんだよ。うちの畑も水浸し。どうしようかって頭を抱えた。そしたら、お稲が金を都合してくれた。それでおとっつぁんが死んで、空き家になっていたこの店に手を入れて商いを始めたんだ。畑の方をやりながらね。今じゃ、畑の方は次男夫婦で、店は長男夫婦がやっている。あたしたちがのんきに暮らしていけるのは、お稲のおかげだよ」

お芳がまた涙をふく。

「金だって、無理しないで少しずつ返してくれればいいって言ったんだろ。いくら身内だってさ、そんなこと、なかなか言えるもんじゃねぇよ」

「ああ、本当に浅草には足を向けて寝らんねぇ」

笑ったり、泣いたりしながら思い出話は続いた。だが、結局、辰五郎のことは分からなかった。

如月庵に戻ると徳三郎が来ていた。

「大事ないか？　内藤新宿まで出かけたというからびっくりしたよ」

やさしい声でたずねる。

「なんだか、お姑さんのことが思い出されて、ご実家をたずねてみました。お姉様もお元気でした。いろいろ、いいお話もうかがいました」

「そうか。そりゃあよかった。だけど、あんまり無理をしない方がいいよ。遠出をすると、疲れるから」

「大丈夫。本当に気分がいいの。でも、もう少し、ここにいさせていただいていいかしら。なんだか、居心地がよくてのんびりしちゃったわ」

「もちろんだよ。家に戻れば、また何やかやとせわしなくなるからね。ゆっくり休みなさい」

徳三郎は帰って行った。


玄関で徳三郎を見送った梅乃は、縦助に声をかけられた。

「今の人は岡本屋のご主人だね」

「はい。お客さんのことを心配して来てくださったんです。毎晩、ご亭主かお子さんか、だれかがいらっしゃるんですよ」

「いい家族なんだな」

「私、不思議なんです。あんなにやさしいご亭主がいて、かわいいお子さんがいて、どうして、二階のお客さんは不満なんでしょう。秘め事が欲しいなんておっしゃるんでしょうか」

梅乃は内藤新宿のお稲の家族に会った話をした。お稲がどんな風に育ち、どんな暮らしをしていたか。困ったときに金子を用意したことも、内藤新宿の人々に感謝されていることも。じっと話を聞いていた樅助は少し苦い笑いを浮かべた。

「そうだねぇ。年をとるっていうのは、つくづく難しいもんだと思うねぇ」

梅乃は小首を傾げた。

「これは、わしの考えだけどさ、あの人はこれまで、立派なお姑さんをお手本にして一生懸命やってきたんだよ。贅沢に育ったお嬢さんだろ。苦労人のお姑さんに仕えるのはなかなか大変だったと思うよ。そのお姑さんが亡くなった。ずっと家族や店のために身を粉にして働いてきたお姑さんだ。立派だと思う一方で、もう少し楽しいことや面白いことを考えても罰はあたらないんじゃないかとも考えていた」

「ところが、辰五郎さんという名前を聞いた」

「そうだよ。お姑さんには、ずっと想っていた人がいたのかもしれない。それで分からなくなってしまったんだよ」

縦助はしわだらけの手を火鉢にかざした。

「辰五郎ってぇのは、どんな人だろうねぇ。名前からすると粋な人だね。渡世人ってことはないだろうけど、役者とか、親分さんとかさ……。いっそ、最後まで見届けるか。辰五郎さんがどういう人だったのか」

「大丈夫でしょうか」

「どうかねぇ。でも、玉手箱の中に何が入っているのか分からないままだと、あのお客さんは前に進めない。家に戻れないよ」

「そうですね。そうします」

梅乃は覚悟を固めた。

3

朝、梅乃が部屋に行くと、おきみは起きて、すっかり身支度を整えていた。

「昨夜、あれからゆっくりと考えたの。そうしたら、ひとつ、思い出したことがあったの。毎年、暮れにお姑さんのところにお酒が送られてくるの。送り主のところには、本所深川南組としか書いていない。うちの人に聞いたら、深川の火消の人だって。でも、うちは浅草の田原町だから『と組』なのよ。深川なんて全然関係ないでしょ」

「そうですねぇ。どういうご縁なんでしょう」

「もうひとつ、思い出したの。お姑さんのお葬式のときに、深川の人からお香典が届いていたの。私、自分で帳面をつけたからよく覚えているわ。この方はどなたって、うちの人に聞いたら、深川の鳶だって。町火消はふだん鳶の仕事をしている人が多いんでしょ」

身が軽く、高いところが得意だから、火消にはもってこいなのだ。

「つまり、その方が辰五郎さんではないかと……」

「その通りよ」

おきみはにっこりした。

本所深川の火消は南、中、北の三組で、南組は小名木川の南を守っている。深川には岡本屋が懇意にしている料理屋があった。その店に行き、鳶の辰五郎さんをたずねてみるというのが、おきみの考えだ。

さっそく深川に行き、料理屋のおかみに鳶の辰五郎という人を探していると言うと、すぐに教えてくれた。

「辰五郎さんというのは、二組の組頭じゃなかったかしら。二組は黒江町、永代門前町あたりですよ」

今もそこにいるかどうかは分からないがと、所を教えてもらった。

木々は枝を落とし、影絵のように黒い姿を見せている。梅乃はおきみの後をついて歩いた。路地の入り組んだ場所で、途中で何度か道をたずねた。小間物屋でたずねると、角を曲がって三軒目の家と言われた。

古い一軒家で、家の前に立つと煮炊きの匂いがしてきた。

ここが辰五郎の住まいか。おきみは立ち止まり、声をかけようか考えている。

「もしや、岡本屋のおかみさんではありませんか？　ご無沙汰をしております。以前、岡本屋でお世話になっておりました亀でございます」

低い声がした。振り返ると、そろそろ七十に手が届くという様子のやせて小さな白髪の女がいた。

「亡くなった大おかみには生前、大変よくしていただいておりました」

深く頭を下げた。

「……では、こちらが辰五郎様のお宅でしょうか」

「はい。辰五郎は十年前に亡くなりましたこの家の亭主でございます」

ついに辰五郎が見つかった。

おきみははっとしたように体を硬くした。

梅乃はしわの多い、けれど目に力のあるお亀の顔を見つめた。

ぜひ、上がっていってくれと請われて、おきみと梅乃は呼ばれた。入ってすぐの六畳の間はきれいに片づき、棚には赤い椿が一輪生けてあった。

「私は岡本屋さんで女中をしておりました。その頃まだ、徳三郎さんのお父様、徳兵衛様もまだお小さくて、やんちゃ盛りでございました。私は徳兵衛様のお世話をさせていただいておりました」

お亀によく似た面差しの女が茶を運んで来た。末の娘のお文（ふみ）であるという。

「縁あって鳶の辰五郎に嫁ぎ、こちらにまいりました。もう、かれこれ、四十年ほど前のことになります。富岡八幡宮のお祭りに、徳兵衛様がいらっしゃったんです。お稲様が嫁がれて、徳三郎様がお生まれになったばかりの頃です。長いことお目にかかっておりませんでしたが、すぐ、分かりましたよ。すっかり立派になられていたので、私はうれしくなって思わず声をかけました。ぜひ、家に来てくださいとお願いをしました」

まだ朝の早い時刻で鳶の辰五郎は家にいた。祭りはまだ序の口だ、急ぐことはない、後でいい場所に案内するからと、辰五郎が言って酒盛りになった。

「徳兵衛様は偉ぶるところが少しもなくて、お話も面白くて。祭りの日でございますからね、二人で朝から酒を飲み始めたんでございますよ。しばらくすると、外の方が騒がしくなりまして、そのうちに鳶の仲間が駆け込んできたんです。永代橋が落ちたというんですよ」

ずいぶん昔のことだけれど、梅乃もその話は知っている。それほどの大惨事だった。四十年前の文化四年、十二年ぶりの深川富岡八幡宮の祭礼にたくさんの人が押し寄せた。その重みに耐えられず、橋が崩落したのだ。橋が崩れたことに気づかぬ人々が後ろから次々と押し寄せ、多くの人が橋から転落した。人が米粒のように降ったと伝えられ、千とも二千とも言われる命が失われた。

「あのとき、辰五郎に会わなかったら自分の命はなかった。おかげで命拾いをしたと。それから毎年、盆暮れにはご挨拶をいただいて、こちらもお返しをするというようなおつきあいになりました」

静かに話を聞いていたおきみが、ついと顔をあげた。

「失礼なことをうかがうことをお許しください。こちら様に、姑は金子をご用立てしたということは、ございませんでしたでしょうか」

「はい。その折には大変お世話になりました」

亀の代わりに答えたのは、娘のお文だった。おきみと年はおっつかつ。肌はよく日に焼けて、働き者らしい力のある体つきをしていた。

おきみの口から小さな声がもれた。

梅乃は目を閉じた。目の奥に螺鈿（らでん）で飾られた玉手箱が浮かんだ。今、玉手箱が開かれようとしている。

「先代の辰五郎に代わって、亭主が二代目辰五郎を名乗り、鳶をしておりました。十年ほど前、町火消のお役もいただいておりましたが、火事の折にひどいやけどを負いまして、鳶の仕事ができなくなりました。そのときに、お稲様からたくさん金子を送っていただきました。それで、母も、私たち親子もなんとか暮らしをたてることができました」

それからも、折々、助けられてきたと言う。

「最初は着物を譲ってくださるとおっしゃいました。けれど、鳶の女房ですから着ていくところもございません。ならば、お金の方がよいだろうとおっしゃって。何度も、申し訳ない、こちらはいつ返せるか分からないからとお断りしたんですが……」

お文が頭を下げた。

「お稲様は、これは自分が好きでやっていることだから、陰徳だから気にしないでくれ。家の者にも知らせなくていい。そのおかげで医者には半年の命と言われたけれど、亭主は二年も長く生きた。辰五郎さんとお亀さんに、亭主は二度命を救ってもらった、ありがとうとおっしゃられて。本当に細々とではございますが、いただいた金子はお返ししてまいります」

お亀がそっと目頭をぬぐった。陰徳とは人に知らせず、善行を積むことだ。

「そういうことだったんですね」

おきみはしんみりとした声を出した。

でも、もうひとつ、疑問が残る。どうして、辰五郎の名前を呼んだのか。お亀ではなく。

表で子供の声がした。お文が呼ぶと、十歳ぐらいの子供が入って来た。

「この子は三代目辰五郎を名乗るそうです」

お亀が目を細めた。

「おいら鳶になって火消の組にも入るんだ」

少年は小さな胸を張った。

「お稲様は何度もこちらに足を運ばれたんですよ。お店にいらっしゃるときは、いつも奉公人に見られている。おかみとして手本にならなければと気を張っている。でも、ここに来ると、そういうことを忘れられると、おっしゃって」

素の自分に戻れる場所だったのだ。

「おいらのことを、いっつも辰五郎さんって呼んでくれたんだよ」

そうか。お稲はこの少年のことを思っていたのか。

梅乃はひそかに膝を打った。

「お稲様は若おかみのことを、いつも褒めていらっしゃいましたよ」

新しい茶を勧めながら、お亀が言った。

「そうでしょうか。私は気が回らなくて、申し訳ないと思っておりました」

「そんなことはないですよ。贅沢に育てられた人なのに、一生懸命、岡本屋に馴染もうとしている。時々、厳しいことを言ってしまうけれど、明るいから助けられると。いるだけで、花が咲いたようにまわりが華やぐとも」

おきみは頰を染めた。

「お稲様はこんなこともおっしゃっていましたよ。無理に私の真似をしなくてもいいのだ。今のまま、素直にまっすぐに生きて、息子を助けてくれたらうれしいと」

梅乃の胸の奥がほっと温かくなった。お稲の玉手箱には、美しい贈り物が入っていた。

「ありがとうございます。こちらにうかがわせていただいて、本当によかったです。私の迷いが晴れました」

おきみの黒い瞳はきらきらと輝いていた。

如月庵に戻ったおきみは、夕方、岡本屋に戻った。

晴々とした明るい顔で、こんな言葉を梅乃に残して。

「私もお姑さんみたいなすてきな秘め事を持ちたいわ」

おきみは梅乃に言ったことがある。

――もしかしたら、そういうお姑さんにも、何かひとつ、自分のためにしたことがあったのかもしれない。ここだけは譲れないって。そういうことがあったのかもしれない。それを、私は知りたいの。

お稲がたったひとつ、自分のためにしたことは夫の命を救ってくれた人々への感謝だった。

梅乃は幸せな気持ちでおきみを見送った。

第二夜

酢いかの災い

1

寝ぼすけの紅葉が毎朝、外の掃除を買って出ているのは、一心館(いっしんかん)道場の朝稽古に向かう城山晴吾(しろやませいご)におはようを言いたいためだ。

晴吾の傍らには、同じく朝稽古に通う十一歳の真鍋源太郎(まなべげんたろう)の姿がある。

その朝、新しい少年がもう一人加わった。

「石塚守之助(いしづかもりのすけ)と申します。源太郎さんと同じ明解塾(めいかいじゆく)で学んでいます。今朝から、一心館道場の朝稽古にも通うことにしました。よろしくお願いいたします」

はきはきとしたよく通る声で挨拶をした。鼻筋のとおった利発そうな顔立ちをしている。源太郎と同年で御家人の長男。明解塾でも隣の席だという。

「守之助さんはとても優秀で、難しい問題もすらすら解いてしまうのです」

源太郎が言うと守之助もすかさず続ける。

「いえいえ、源太郎さんにはかないません。源太郎さんは特別です」

言われた源太郎は頬を染めた。

「二人とも先が楽しみだと、先生方がおっしゃっていましたよ」

晴吾が笑みを浮かべる。口の中でさらりと溶ける上等な白砂糖のような笑みだ。挨拶を終えた三人が坂道を上っていく。その後ろ姿は背筋がぴんと伸びて、足さばきがいい。すがすがしい朝の風のような三人だ。

「やっぱりさぁ、氏より育ちっていうけど、あの人たちは氏も育ちもそろっているよねぇ。あたしたちとは全然、元から違うんだよねぇ」

紅葉がつぶやく。

もう、何度、その言葉を聞いたことか。

もともと頭がいい。さらに向上心が強く、よい師に恵まれている。杉や檜の若木のようにすくすくとまっすぐ伸びて、いずれは天下のお役に立つ人たちだ。

「私がこんなことを言ったら申し訳ないけど、源太郎さんは本当によく頑張っていると思うわよ」

梅乃は言った。

源太郎の亡くなった父親はお徒士(かち)組であった。お徒士組というのは御家人の中でも身分の低い侍だ。将軍が外出するとき、羽織、股引き、草履がけで行列の先方を走り、白扇を開いて「下に、下に」と声をかける。鷹狩のときは、野原を走り回って雉(きじ)などを追い出す役もする。

その父親は和算が好きで、幼い源太郎に手ほどきをした。父の死後、母と二人、葛飾（かつしか）で暮らしていた源太郎はその才を認められ、昨年、叔父の真鍋宇一郎（ういちろう）の養子となった。

宇一郎自身も子供の時分に五百石旗本の真鍋家の養子となっている。その後、異例の出世を遂げて、今や三千石の勘定奉行。子供のいない宇一郎は、甥である源太郎を養子に選んだ。

徒士の子が三千石の旗本の養子になるのは、幸運だ——と思うのは他人様だ。

幼くして母から離れて、叔父夫婦とはいえ他人の家で暮らすのだ。周囲は宇一郎の後を継ぐ者という目で見る。葛飾で一人暮らす母も源太郎の出世を願っている。

源太郎は期待という重い荷物を背負っている。

しかも、宇一郎は己に厳しい努力の人である。

剣術を習えば、毎晩遅くまで廊下で足さばきの稽古を重ねる。床がすりきれて、張り替えなければならないほどだった。漢文も書道も能楽も、そのようにして自らのものとした。

あらゆることに精通し、一流である。

当然、源太郎にも同じことを求める。宇一郎にとって学ぶとは、精進するとはそういうことだからだ。

源太郎は小さな体で、みんなが望む、立派な姿になろうとしている。

それはたとえて言えば、毎日毎日、駆け足を続けているようなことではなかろうか。

梅乃は源太郎が誇らしく、同時にほんの少しだけ気の毒にも思っていた。


「おや、新顔だね」

板場にいた杉次はやって来た手代の顔を見て言った。

「えへ。まぁ。今度から、おいらが来ることになったのでよろしくお願いします」

美里屋(みさとや)という菓子屋の手代がぺこりと頭を下げた。如月庵では、お客に出す菓子をこの美里屋に注文している。饅頭に最中、季節の生菓子など、前の日に桔梗が数と品物を伝え、翌日、手代が持って来る。

以前、来ていたのは十二歳くらいの幼さの残る太一(たいち)だった。

「太一ちゃんは今度から別のところに回るようになったの？」

その場に居合わせた梅乃がたずねた。

「ええ、まぁ、そうなんですよ」

手代はあいまいな言い方をした。

「なんだ、何かあったのか」

杉次が聞く。

「いやいや、あいつは体が小さいから坂道が大変なんでね」

「ああ、そうか」

それで話は終わった。手代は注文を書いた紙を懐にしまうと、次の客のところに向かった。


その日の午後、梅乃が部屋係の集まる溜まりに行くと、お蕗と柏、紅葉がいた。

「美里屋に太一って子がいたじゃないか」

お蕗が内緒話をするときの顔で言う。

「うん、あのちっちゃい子だろ」

炒り豆をかじりながら紅葉が答えた。

「坂道が大変だからこっちには来なくなったんでしょ」

梅乃が続ける。お蕗はにやりと笑った。

「それは表向きの話だよ。美里屋の隣の豆腐屋の手代に聞いたんだけどさ、あの子は店の金をごまかして店を出されちまったんだって」

「ほんとに？　何かの間違いじゃないの」

梅乃は言った。柏は黙って三人のやり取りを聞いている。

つい三日ほど前に如月庵に来たとき、太一の様子はいつも通りだった。

冷たい風に頬を染めて、板場の杉次に挨拶をした。

「今日も忙しそうだな」

「おかげさまで。本筋の注文だけじゃなくて、女中さんからも大福とか最中とか、ちょっとしたものを頼まれるもんで」

大人びた口をきいた太一の風呂敷包みはいつもより、ひと回り大きかった。

「まあ、ひと息入れたらいい」

杉次が冷たい水をやると、遠慮しながらもほっとした顔で飲んだ。

「日陰になっているところは道が凍っているから、足をすべらせねぇように気をつけるんだよ」

その場にいたお蕗が声をかける。

「大丈夫です。凍った道は慣れてますから。菓子がだめになったら旦那さんに怒られちまう」

「はは。旦那さんってのはみんな厳しいもんさ。甘やかしたら、のちのためになんねぇって思うからな。しっかり励むんだよ」

杉次が言い、太一は「はい」と元気な声で答え、次のお客のところに向かった……。

「金をごまかしたって、どういうことだよ。菓子の代金は月末に番頭が取りに来る。太一は金に触らないじゃないか」

紅葉が首を傾げた。

「大きなお金は月末だけど、女中さんたちが買った菓子の金は、その都度もらうんだってさ。その金が足りなかったんだよ。親方が金はどうしたって聞いたら、もらった金はちゃんと数えて巾着袋に入れた。自分は知らない、盗んだんじゃないって言い張った。だけど、実際、金は足りなかったんだ」

お蕗が言う。

「一体、いくら足りなかったの」

梅乃はたずねた。

「二十文だ」

「たった？」

「ああ、たった二十文。かけそば一杯ほどの値だ。だけど、道を踏み外すには十分な金だ。こういうことは最初が肝心なんだ。だから旦那は怒った。あの太一には一両の金を盗む才覚も度胸もない。だけど、二十文ならちょっとした出来心でごまかすかもしれない」

最初にうまくいけば味をしめてまた次ということがあるかもしれない。その金額が次第に大きくなる。そうこうしているうちに悪い仲間とつきあうようになる。

だから、最初が肝心なのだ。

悪いことに、その後、太一の荷物から酢いかの串が出てきた。

「ほら、みろ。駄菓子屋で酢いかを買ったんだろう。正直に言えば許してやると旦那さんが言ったけど、太一はこの串は以前、自分の金で買ったときのものだと言い張った。あそこの旦那さんも気が短いからね、そんな強情を張るんだったらうちの店にはおいておけない、出て行けって追い出した」

「太一ちゃんはどうなるの？　田舎に返されるの？」

梅乃はたずねた。

「さぁ、どうだろうね。おかみさんが取りなしてくれたって言ったから、知り合いの店で雇ってもらえるかもしれないけどね」

お蕗は炒り豆を入れた口をへの字に曲げた。

「手癖が悪いとしたら、なかなか、次の店が決まらないかもしれませんね」

そのときはじめて柏が口を開いた。突き放したような感情のこもらない言葉だった。

梅乃は驚いて柏の顔を見た。口を一文字に結んで細い目をしている。表情がよく分からなかった。


湯島天神の坂下に子供相手の小さな駄菓子屋がある。店先にはゆず飴にたんきり飴、ニッキ飴、きな粉棒などが並んでいて、おばあさんが子供たちの相手をしている。梅乃と紅葉はその店の常連だ。

二人がおやつを買いに行くと、三、四人の子供たちに交じって源太郎と守之助の姿があった。

「おお、源ちゃんじゃないか。守之助さんもいっしょかぁ」

紅葉が気安く声をかけた。

晴吾がいるときは源太郎さんなどと呼ぶのに、源太郎一人のときは源ちゃんと呼ぶ。

「紅葉さん、梅乃さん、こんにちは」

源太郎は礼儀正しく挨拶を返す。守之助は大人のように会釈した。源太郎はいつものように酢いかを買い、守之助はまだ迷っている。源太郎は店の外の石に腰を下ろし、守之助を待っていた。

「お、酢いかかぁ。この店の酢いかはおいしいよね。酸っぱすぎないし、するめが肉厚でやわらかい」

紅葉が言う。

「そうなんですよ。最初はちょっとしょっぱいんですけど、嚙んでいくうちにするめの甘さがじわっと出てくる」

「うん、うん。そうだよ、いつまでも嚙んでいられるのがいいな。今日はやっぱり酢いかかなぁ」

紅葉も酢いかを買って源太郎の隣に座ってさっさと食べ始めた。梅乃はまだ決めかねている。梅乃が好きなのは、ニッキ飴となめていると色が変わる変わり玉である。しょっちゅう来ているので、何がどこにあるのかも分かっている。使うお金も一文か二文である。だから、菓子を手に入れることもだが、何を買おうかあれこれ考えている時間が楽しい。

「和算といい、酢いかといい、源ちゃんはひとつのことにこだわる人だね。好きになると、とことん好きだ」

紅葉の声が聞こえる。

「そうなんですよ。母上にも言われました。今は納豆に大根おろしをのせて、しょうゆをたらっとかけるのが気に入っているんです。もう、秋からずっと朝はそればかりです」

源太郎が答える。二人の話ははずんでいた。

店の中では子供たちが菓子を選んでいる。守之助も棚を眺めていた。飴を手にとっては戻し、ごまのねじり棒を眺め、酢いかを見る。どうやら酢いかに源太郎のような熱い思いは持っていないらしい。

梅乃は変わり玉を買って紅葉の隣に座った。

二人の話はまだ続いている。

「源ちゃん、大根は辛いほうがいいのか？」

「あんまり辛いのはだめです。だから、しっぽの方じゃなくて、頭の方をおろしてもらっています。それを、毎朝食べています」

「うん。そうか。それはまだ、子供だな。もう少し大人になると、しっぽの辛いのがうまいと思うようになる」

「父上も大根は辛いのに限ると言っています。納豆に大根おろしをのせる食べ方は亡くなった父から習いました。真鍋の父も同じものが好きなのです。やはり兄弟ですね」

「そうか」

「真鍋の父上は私が夢中になるのはいい性格だと褒めてくださいました。人でも物でも、何でもとことん好きになって夢中になって進んだらいいって」

「さすがだなぁ、いい父上だ」

紅葉は偉そうに言う。

源太郎は宇一郎のことが好きだ。誇りに思っている。同様に一生を徒士として過ごした実父のことも。そのことを梅乃はすばらしいと思う。

宇一郎を褒める人が多いのはもちろんだが、身分が低く、暮らしも貧しかった実父について世間は厳しい。頑固だ、融通がきかないとそしる人もいるそうだ。だが、源太郎はけっして実父のことを悪く言わない。徒士の生まれであることを引け目に感じている風も見せない。

それは、義母の展江(のぶえ)の教えもあるのではと、梅乃はひそかに思っている。

ふと店の中を見たとき、見知った姿があった。

「太一ちゃんだ」

梅乃の視線を感じたのか、太一はこちらを見た。手にしたごまねじりをおくと、足早に店を出て行った。

それは、まるで……逃げるようだった。

紅葉と源太郎はまだ話に熱中している。

「でも、母上はちょっと心配しています。そういう性格は道を誤るかもしれないって。どうも、女の人に夢中になるのを心配しているらしいです」

「そりゃあ、気が早い」

「ねぇ、紅葉」

梅乃は声をかけた。

「ね、そうでしょう？　だから、母上に申し上げました。私は母上を尊敬していますから、母上が好ましいと思った方のことを好きになります」

「すばらしい答えだな」

「ねぇ、紅葉ったら」

梅乃は呼びかけた。

「それは嘘じゃありません。心からの気持ちです。葛飾の母上も大好きですが、江戸の母上もやさしくて思いやりがあって、私は幸せです」

そのとき、守之助が源太郎に近づいて声をかけた。

「私は先に行きますね」

「あ、ごめんなさい。つい夢中になっちゃって」

源太郎は小さく紅葉と梅乃に挨拶すると、守之助の後を追って小走りになった。

すぐ後、おばあさんが叫んだ。

「あれ、ここにあった、ごまねじり、すっかりなくなっている」

店にいた子供たちが驚いたように声をあげた。

梅乃と紅葉はあわてて立ち上がり、店に入った。おばあさんが指さす棚に不自然な隙間ができていた。

「ごまねじりなら、さっきまで、ここにありましたよね。私も覚えています」

梅乃が言った。

「おいらじゃないよ。持っていないもん」

一人の子供が両手をあげた。

「俺も違う。持ってねぇよ」

別の子が体をぽんぽんとたたいた。

もう一人も続く。

「分かっているよ。あんたたちじゃない。昔っから知っているんだ。あんたたちは、そんな悪さをする子じゃない」

おばあさんが言う。

「私も違いますから」

梅乃はあわてて言った。

「あたしは酢いかを買ってすぐ外に出て、それから店の外にいた。その棚には近づいていない」

紅葉も声をあげた。

「知っているよ。あんたたちじゃない。ごまねじりを盗んだ子は、もう、とっくにどっかに行っちまった」

「あのお侍の子か」

子供が叫んだ。守之助と源太郎のことだ。

「違います。あの人はずっとここにいました」

梅乃が弁護した。

「そうだよ。あの人はお金を持っているよ。盗む必要なんかない」

一人の子供が言った。

「そうだよ。あの子たちは立派な家の子だ」

おばあさんがうなずく。

「さっき、怪しい奴を見たよ。速足で逃げて行った」

別の子供が叫んだ。

「おいらも見たよ。来たと思ったら、すぐ出て行った」

「そうだよ。あいつが怪しい」

「あいつだよ。あいつが盗ったんだ」

「絶対そうだ」

子供たちが次々と声をあげた。

「だけど、あたしはそんな子を見ていなかったよ」

おばあさんが悲しそうな声をあげる。

「おいらは顔を覚えている。今度来たら、教えてあげるよ」

「ああ、俺もだ」

騒がしくなった。

梅乃と紅葉はその場を離れた。

店から少し離れたところに来て、梅乃は紅葉に言った。

「私、さっき太一ちゃんを見かけたの。私の顔を見て帰って行った。みんなが言っていた、逃げて行った子供って太一ちゃんのことよ」

「そうか」

紅葉は短く答えた。

「でも、私は、ごまねじりを盗んだのは太一ちゃんじゃないと思う」

「どうかな、腹が空いていたのかもしれないよ」

紅葉が冷静に答えた。

「ごまねじりなんて、腹の足しにならないわよ」

「本当に腹が空いていたら、口に入るものなら何でもいいと思うかもしれない。それに、あの店はおばあさん一人で店番をしているから、盗みやすい」

「じゃあ、紅葉は太一ちゃんが盗んだと思っているの？」

梅乃は咎めるような言い方になった。

「落ち着きなよ。そういう可能性もあると言っているだけだ」

紅葉は難しい顔をしていた。

お蕗が行くところどこにでも、柏はついて来る。寝るときも隣の布団だから、朝から晩まで、ずっといっしょにいることになる。

柏は余分なおしゃべりをしない。ていねいな言葉遣いをするし、お蕗を妙に持ち上げることもある。そこがなんだか、気持ちが悪い。

肌が白く、髪が黒い。目と目の間が少し離れていて唇が赤い。妙な色気を感じさせる。女中奉公をしていたというが、本当だろうか。行き倒れになるくらいだ。何か、とんでもないことがあったのではないか。

「もう、ここの仕事は大体のことは分かっただろ。そろそろ、あんた一人でやってみるのもいいと思うよ。その方がやりがいを感じられると思うよ」

お蕗はやんわりと言ってみる。

「ありがとうございます。でも、私はお蕗さんからまだまだ教えていただきたいんです。……それとも、私がいるとお仕事がやりにくいでしょうか」

真面目な顔でたずねられると、お蕗は「そうだ」とは言えなくなる。案外に、気の弱いところがあるのだ。

「まぁ、あんたがそう思っているんだったら、それでいいんだけどさ」

それで、この頃、お蕗は柏のことを気にしないようにした。

部屋の掃除をするときも、膳を運ぶときも、柏のことは考えない。柏はちゃんとお蕗が次に何をするのか考えて、先回りして動いてくれる。

それはそれで便利だ。

お蕗の仕事が半分になったようなものだからだ。

お松がどうしていつまでも柏を傍におくのか、少し気になったが、考えても分からなかったので、考えることを止めにした。

そのうちに、お蕗は柏が傍にいることが気にならなくなった。

手が空くと溜まりに行って紅葉や梅乃を相手におしゃべりをしたり、ときにはごろりと横になってうたたねをする。

よっこらしょと言って立ち上がり、どっこいしょと言って座る。背中をぼりぼりとかいたり、大あくびをする。

まったく、いつものお蕗になったのだ。

あるとき、部屋を掃除しながら歌っていた。

「四角いへーやーを、まあるく掃くうう、こりゃこりゃ」

適当な節をつけて思ったことを歌うのだ。

「ご機嫌がいいんですね」

柏の声ではっとした。

今まで自分が歌っていることにも気づかなかった。

急に心配になった。

大事なひみつをもらしていないだろうか。

梅乃は考えていた。

太一は今どこで何をしているのだろう。

物知りなのは樅助だが、世間の噂となるとお蕗が早い。事情を話してたずねると、上野広小路の炭屋で働いていることを教えてくれた。

「豆腐屋の手代から聞いたんだけどさ、今までまじめに働いていたから追い出すのはかわいそうだっておかみさんが言って、おかみさんの知り合いの上野広小路の炭屋に移ったんだ。太一は今も炭屋で働いているよ」

「その店は何ていう名前?」

梅乃はたずねた。

「大山(おおやま)屋だったかな。上野広小路に大きな薬種屋があるだろ。その裏だよ。たずねてみるのかい」

「その方がいいのかなと思って」

梅乃は答えた。

「そうだねぇ。自分が疑われていることも教えてやった方がいいよ。面倒なことに巻き込まれてないといいけどね」

お蕗はそんなことを言った。


大山屋は家族で営んでいる小さな店だった。梅乃と紅葉が裏手に回ると、太一が竹ぼうきであたりを掃いていた。

「太一ちゃん、こんにちは。如月庵にいつも来てくれていたね、ありがとう」

梅乃が声をかけると、はっとした顔になり、竹ぼうきを捨てて逃げていこうとした。その手を紅葉がつかんだ。

「な、何をするんだよ」

太一が驚いて叫んだ。

「あんた、この間、駄菓子屋行っただろ。知っているか。あれから、大変なことになっているよ」

紅葉がささやくと太一はびくりと体を動かした。梅乃は太一を路地に誘った。

「私たちは、太一ちゃんの味方よ。美里屋さんでお金がなくなったことがあったでしょ。そのときのこと詳しく教えてほしいの。だれとだれが傍にいたの？　大きなお金は番頭さんが取りに行くから、太一ちゃんが受け取るのは女中さんたちの注文だって聞いたけど、その通りなの？」

太一はうなずいた。

「大福と饅頭を届けたんだ。女中頭のお定さんって人が来て、お金をくれた。八十文だったから、二人でいっしょに数えて巾着袋に入れた」

「そのとき、ほかにだれか、いっしょにいた？」

「いないよ。おいらとお定さんの二人だけだ」

「お店に帰る途中で、何かあった？　だれかに話しかけられたとか」

太一は口をへの字にした。

「話しかけられたんだね」

「違う。声がしたんだ。犬が来る、噛みつくぞ、危ないから逃げろって。それで逃げたんだ。走って逃げて藪の中に隠れた。しばらく隠れていたけど、外が静かになったんで出て来た。そのとき巾着袋がないことに気がついた。あわててまわりを見回したら道の真ん中に落ちていた」

「そのとき、中身を確かめたの？」

梅乃の問いに太一は首を横に振る。

「店に戻って中を見たら、二十文なくなっていた」

「犬のこと、旦那さんやおかみさんに言った？」

「言った。旦那さんは、最初から犬なんていなかったんだ。お前のつくり話だろうって。買い食いをして二十文使っちまったから困って、犬が来たなんて言ったんだ。財布が落ちていたらそのまま拾っていく。二十文だけ足りないなんて、ありえねぇって」

言われればその通りだ。

「犬の声は聞いたのか」

紅葉がたずねた。

「おかみさんにもおんなしことを聞かれた。聞いてないって言ったら、お前が間抜け面をしているから、だれかにからかわれたんだって怒られた」

梅乃は悲しくなり、紅葉は悔しそうな顔になった。

親方もおかみさんも太一を信じたいのだ。だが、実際に金がなくなっている。まじめな太一だが出来心ということもある。

「おかみさんや番頭さんに謝りなって言われた。自分の不注意でした。お金を受け取るのを間違えました。申し訳ありませんでしたって。だけど、おいらは金を盗っていない。間違えてもいない。お稲さんと二人で二度数えて、それを巾着袋に入れたんだ」

「そうか……」

紅葉がうなずく。

「田舎を出るとき、おっかちゃんと約束したんだ。嘘をついちゃいけないよ。人様の物を盗っちゃいけないよって」

「分かった。太一ちゃんは悪くないわ」

梅乃も言った。

だが、疑問がひとつ残る。

「この前、駄菓子屋さんで会ったよね。それならなんで、あのとき、私の顔を見て逃げたの？　あの日、駄菓子屋でごまねじりがなくなったのを知っている？　一つ、二つじゃないのよ。棚にあった分全部。それは、太一ちゃんが来たすぐ後だったから、あそこにいた子供たちが太一ちゃんの仕業じゃないかって言っているわよ」

太一の顔がみるみる赤く染まった。

「違うよ。おいらじゃない。姉さんたちに『どうして店を辞めたんだ』って聞かれるのが嫌だったんだ。もういいだろ。おいら、もう行かなくちゃ、兄いに怒られちまう」

太一はまた、逃げるようにその場を去って行った。

2

その日の朝、坂道を上って来たのは晴吾と源太郎の二人だった。

「あれ、守之助さんはどうしたんですか」

源太郎が困った顔でうつむいた。泣いたのか目が腫れている。喧嘩でもしたのだろうか。源太郎に代わって晴吾が答えた。

「体調をくずして、しばらく朝稽古をお休みするそうです」

「朝稽古をして、その後明解塾で勉強するのは大変ですものね」

梅乃が言う。

「そうなんですよ。守之助は習い始めなのに頑張りすぎたんです」

源太郎がとりつくろった。

だが、噂はすぐに伝わってきた。

朝餉が終わって梅乃と紅葉が膳を運んで板場に行くと、八百屋の手代が杉次を相手にしゃべっていた。

「いやあ、この前、一心館でちょっとした騒ぎがあったらしいんだ。うちの隠居が店に戻ってからも怒って大変だったんだよ」

八百屋のご隠居は一心館の門弟である。

「お宅のご隠居は元気がいいからなぁ。一体、何があったんだ」

杉次はたずねた。

齢八十を迎える八百屋のご隠居は、毎朝素振り千回の鍛錬を欠かさない猛者である。年寄りと侮ればこてんぱんに打ちのめされる。怒れば怖いが、竹を割ったようにまっすぐな気性の人で、源太郎はかわいがられて、よく稽古をつけてもらっている。

「新入りのお武家の子がいてね、そいつは館長の前ではぺこぺこしてるくせに、陰にまわると弱い者いじめをしている。うちの隠居がそれを見つけて叱ったら、そいつが逆に怒った」

――なんだ、たかが八百屋の癖に偉そうに。父上に言ってお前の店の出入りを差し止めてやる。

――やるならやってみろ。うちはあっちこっちのお屋敷に出入りしているんだ。一軒くらいどうってことねぇよ。だいたい、てめぇの子供が間違ったことをして叱られて、長年つきあっている店を変えるなんざ、親ばかもいいところ。それこそ町内の笑いもんだ。

ご隠居は威勢よく言い返す。

「あやうくつかみ合いになるところを、いじめられていた当人が泣きながら割って入ったんだってさ。それが館長の耳に入って結局、お武家の子には道場を辞めていただくってことになったんだってさ」

梅乃と紅葉は顔を見合わせた。

新入りのお武家の子は守之助、泣きながら割って入ったのは源太郎のことではないのか。

「あの二人、仲良しじゃなかったの」

梅乃は首を傾げた。

「ちょいと、後で調べを入れてみるか」

紅葉が言った。

午後、駄菓子屋に行くと、表の石に座って源太郎が一人で酢いかを食べていた。

「なんだ、源ちゃん、また酢いかか」

「そういう、紅葉さんだって酢いかを買うつもりでしょ」

源太郎が答える。

「今日は守之助さんはいっしょじゃないの」

何げない風を装い梅乃はたずねた。

「さっきまでここにいたんですよ。守之助さんは駄菓子より、そばがいいらしいです。駄菓子は子供の食べ物だって」

梅乃は変わり玉を、紅葉は酢いかを買って源太郎の横に座る。

「守之助さんと何かあったのか」

源太郎は体をぴくりと動かした。

「もう、あの話、聞いたんですか？」

勘のいい源太郎は何のことか気づいたらしく、すばやく答えた。

「守之助さんは時々、急に怒ったりすることがあるけれど、やさしい、いい人です」

「分かっているわよ。だって、源ちゃんの友達だもの」

梅乃が言った。やがて源太郎はぽつり、ぽつりと話し出した。

「明解塾に入ってしばらくは、私はひとりでした。私がお徒士の生まれで、真鍋の養子になったことをみんな知っていました。明解塾の塾生はほとんどが御家人か裕福な商家の子供たちです。私とは生まれが違うのだそうです。その一方で、父上は明解塾の塾長様とも親しいから、特別扱いだろうと言う人もいました。私は夢中になると葛飾の言葉が出ます。それがおかしいって笑う人もいました。私は悔しくてその分、学問を頑張りました。一番になろうと思ったんです」

「源ちゃんならできるわね」

梅乃は言った。

「上級生に生意気だって呼びつけられたこともあったんです。大きい人たちが答えられなかった問に私が正しく答えたからです。先輩たちが分からないと言ったときは、自分が分かっても分かりませんと答えろと言うのです。私は嫌だと言いました」

源太郎は頬を染めてこぶしを固めた。

「目上の人を敬えと教わりましたが、それは分かっているのに分からないふりをすることではありません。明解塾の先生方は、間違えることは恥ずかしくないから堂々と自分の意見を伝えよ、自分の頭で考えることが大事だとおっしゃいます。その考えに反することではないでしょうかと言いました」

「その通りだ」

紅葉が偉そうに言う。

「私がそう申しましたら、殴られて地面に転がされました。家に戻ると、着物が汚れていたので母上にどうしたのかと問われました。私は転んだと答えました。その夜、父に呼ばれました。学問も大事だが、剣術も大事だ。なお一層励めと言われました。それで、私は気がつきました。父上も同じような怖いめにあったんです。だから、私にまず、体を鍛えろとおっしゃったんです。父上も養子でしたから」

「それで、どこで守之助さんと仲良くなったの」

梅乃はたずねた。

「いっしょに勉強をしようと声をかけてくれました。よく聞いたら、家も近いんです。課題を二人で解きました。母上もいい友達ができたと喜んでくれました」

源太郎は酢いかを口の中で転がしながら、考え深そうな目になった。

「守之助さんと私と似ているところがあるんです」

「あの子も養子なのか」

紅葉がたずねた。

「いいえ。本当の親子ですよ。上にお兄さんがいて守之助さんは三男。だけど守之助さんは生まれたとき体が弱かったので、深川の乳母に預けられて三つのときまでその家で育ったんです。戻って来たとき、守之助さんは深川のお母さんが恋しくて毎晩泣いたんです。だから、本当のお母さんにはなかなかなじめずにいた。それは、今でも続いていて、お母さんは上の二人の兄さんのことはかわいがるけれど、守之助さんには冷たい。かわいがってくれないんだって」

「複雑なのね」

梅乃はうなずいた。

「守之助さんはよく私に、母上はやさしいかって聞くんです。私はとてもやさしい。葛飾の母も好きだけれど、それと同じくらい母上も好きだって答えると、そんなの嘘だ。そんなはずはないって言うんです。……守之助さんはいつもいろんなことを我慢しているから、時々、それが出ちゃうんです。私をいじめたなんて嘘です。ただ、ちょっと、腹を立てただけなんです。だから、本当に守之助さんはいい人なんです」

源太郎はまっすぐに梅乃と紅葉の顔を見た。

「じゃあ、私はもう行きます。心配してくださってありがとうございます」

源太郎は立ち上がった。その拍子に肘のあたりまで袖がめくれた。腕にいくつも青あざがあった。はっとしたように源太郎はその青あざを隠し、去って行った。

梅乃はその後ろ姿を見送った。

「じゃあ、あたしたちも戻ろうか」

紅葉が言った。

「私、みんなのおみやげに飴を買っていく」

梅乃は黒飴とニッキ飴を持っておばあさんのところに行くと、おばあさんがぶつぶつと何か口の中で文句を言っている。

「まただよ。また、やられちまった」

「お菓子がなくなったんですか」

梅乃はたずねた。

「ああ。この頃、毎日だよ。こんなことが続いたら、店を閉めなくちゃならなくなる」

「だれの仕業か分かっているんですか」

おばあさんは黙って横を向いた。

「だいたいの見当はついているんだよ」

帰り道、紅葉は言った。

「そうよね」

梅乃もうなずいた。

「でも、どうしてあの駄菓子屋さんなのかしら」

梅乃は悲しい気持ちで言った。

「卑怯だよな」

紅葉が答えた。

駄菓子屋なら、ほかにも何軒かある。よりにもよってどうしてあのおばあさんの店なのか。それは盗みやすかったからだ。見つかっても簡単に逃げられる。

だから、やってはいけないのだ。

子供相手の商いだから、たいして利があるわけでもないだろう。その品物が盗られたら、おばあさんの暮らしが立ちゆかなくなる。

そんなこと、考えてみればすぐ分かるではないか。

「ねぇ、あれは、何？」

梅乃は叫んだ。

道の端に茶色の包みが捨ててあるのが見えた。あわてて近寄ると、中に菓子が入っていた。おばあさんの駄菓子屋のすあまだった。

「なんで食べないんだよ。せめて食べろよ。捨てるくらいなら盗むなよ」

紅葉が叫んだ。

二人はそれから黙ってしばらく歩いた。

「如月庵に来る前働いていた大井の宿では、小さなものがなくなることが何度もあったんだよ」

紅葉がぽつりと言った。

「たとえば……」

「だれかが大事にしていた鏡とか、かんざしとか、紅とか……、いろいろ」

空はどんよりと曇って、風は冷たかった。枯れ葉がかさこそと音をたてて転がっていく。雨が近いのかもしれない、水の匂いがした。

「親切にいっしょに探してくれた女がいたんだ。最初は気がつかなかったけど、だんだん、みんな、その女が怪しいと思いだした。それで、その女がいない留守にこっそり柳行李を改めた。だけど、着替えとか手ぬぐいとかがちょっとあるだけで、鏡もかんざしも紅も入っていなかった。……あるとき、それが見つかった」

「どこにあったの」

「物置の裏に捨ててあった。汚い風呂敷に包んで、割れたり、折ったりして……みんなごみになっていた」

口の中に苦い味が広がった。

「自分のものにしたいっていうんなら、まだ、分かるだろ。だけど、そいつはそうじゃなかったんだ。ただ、まわりの人を傷つけたかったんだ。仲良しだって言って親切そうな顔をして、でも、その人が悲しんだり、困ったり、悔しがったりするのを見たかった。それが面白かったんだってさ」

嫌な臭いのする泥水に足をつっこんだような気がした。

「どうして、それが面白いの？　そんなのまったく、意味が分からない」

梅乃は叫んだ。体が熱くなった。

「そういうことを考える人がいるんだよ。世の中にはさ。心が貧しいっていうのかな。他人を不幸にすることで、自分が安心したいんだ」

紅葉はぷいと横を向いた。

また、二人は黙ってしばらく歩いた。

道の先に如月庵が見えて来た。

「こんなことを思うのはいけないことかもしれないけど。守之助さんのこと、どう思う？」

梅乃がたずねた。

「うん。ちょっと怪しい」

紅葉も答えた。

駄菓子屋で菓子がなくなったとき、二度とも近くにいた。太一が犬に追いかけられたという場所は、守之助の家の近くである。

「ちょっと守之助さんの家に行ってみない。会えるかどうか、分からないけど」

「そうだな」

梅乃の言葉に紅葉もうなずいた。

天神坂下の石塚家は組屋敷だ。幕府から与えられた土地に御家人同士で分け合って住んでいる。生垣から中をのぞくと、広い庭と大きな家、土蔵も見えた。物知りの下足番の樅助によると、石塚家のような上級の御家人は御家人仲間に部屋や別棟を貸すこともあるらしい。そのあがりも結構な金額になるから、豊かな暮らしぶりをしているという。

台所口に回ると、風に乗って煮炊きの匂いが流れてきた。女中や下男などの使用人もたくさんいるのだろう。

台所口の前の道は細く、あたりは樹木が茂っている。そのまま、だらだらと坂道を下ると上野広小路に出る。

大きな欅があった。

「犬が来ると言われて、太一ちゃんが藪に隠れたのはこのあたりよね」

梅乃はあたりを見回して言った。

あらためて気づく。石塚家の台所口からは目と鼻の先だ。

たやすく人を疑ってはいけないと思うけれど、守之助のことを思わずにはいられない。

そのとき、背中で足音がした。振り返ると八百屋のご隠居と番頭である。ご隠居は苦虫をかみつぶしたような顔をしている。

「如月庵の部屋係です。いつもお世話になっております」

梅乃と紅葉が挨拶をすると、ご隠居は皮肉な笑いを浮かべた。

「そうか。じゃあ、聞いてるだろ。一心館のあれこれをさ。石塚様からは八百屋風情が御家人に意見をするとは何事だって言われちまったよ。まあ、長いものには巻かれろってことでさ。結局、お坊ちゃまに謝ることにした」

それで二人も合点した。

一心館の一件は八百屋のご隠居が頭を下げることで収めたのだ。最初に手を出したのは八百屋のご隠居だったかもしれない。だが、それには理由がある。そのことを守之助に問うたのか。

つまり、守之助の親たちはそういう人たちだったのだ。

お蕗と柏が裏で洗濯物を取り込んでいると、ちょうど魚屋の手代が桶を届けに来たところだった。

「あれ、正(まさ)さん。なんだよ、渋い顔をしてさぁ」

お蕗は声をかけた。

「ああ、さっきさぁ、御家人様のお屋敷に行って来たんだよ。注文した魚が小さかったの、持って来るのが遅かっただの、あれこれ言われてさ、結局、まけろって言うんだよ」

「はあ、そりゃあ、気の毒に」

「もうさ、あの家はいっつもなんだよ。何のかんのと難癖つけて値切るんだよ。断ると、もう、あんたのところには頼まない、だからさ」

手代が頭をかいた。

「その御家人様ってのは、『い』の字かい？」

お蕗は手を休めずにたずねる。隣で柏は静かに二人のやりとりを聞いている。

「そうそう。よく分かるねぇ」

「みんな言っているよ。だいたい女中が居つかない」

「そうかぁ。そうだよなぁ。女中さんがしょっちゅう代わっているのは、いびり出されちまうのか。あそこの女中頭はおっかない顔しているもんなぁ」

笑って手代は出て行った。

こんな風にお蕗はいつもだれかと言葉を交わす。

ほかの人と違うのは、お蕗が相手の顔色や言葉の端にこめられた気持ちを読むのが得意なことだ。そうやって、するりと内緒の話を聞き出す。

「さすがですねぇ、お蕗さんは。私にはとってても真似ができません」

柏が感心したように言った。

お蕗はそう言われてはっとした。柏がいることを忘れていた。

翌日から、また、守之助も道場に通うことになった。早朝、三人が坂道を上って来る。

だが、以前のような和やかな感じはなかった。

守之助ではない、源太郎が変わってしまったのだ。

「おはようございます」

硬い表情で挨拶を交わす。それだけだ。

以前だったら、「まだまだ寒いですが、紅葉さんも梅乃さんもお仕事を頑張ってください」などとやさしい言葉をかけてくれたのに。

次の日はもっと暗い顔をしていた。

さらに次の日。その次の日。

そして、とうとう、源太郎は姿を見せなくなった。

「体の調子が悪いとお家の方から言われました。明解塾の方もお休みをしています」

晴吾が言った。隣で守之助は知らん顔をしていた。

3

部屋係たちが休憩をとる溜まりに梅乃が行くと、紅葉が一人で炒り豆をかじっていた。

「梅乃は一度、真鍋様のお屋敷に行ったことがあったよね」

紅葉がたずねた。

「ある。一度だけ」

梅乃は答えた。

それは源太郎が真鍋家の養子となるため、母と二人、葛飾からやって来たときのことだ。源太郎は宇一郎の不興をかい、危うく養子縁組が白紙になろうとした。源太郎に肩入れした梅乃が宇一郎に余計な進言をしたことが理由のひとつでもあったから、梅乃は宇一郎の妻、展江に取りなしを頼みに屋敷に行ったのだ。

「見たことないくらい広くてきれいで、立派なお屋敷だった。お座敷の襖の唐紙には金が散っていたし、畳のへりにも模様が入っていて、お庭には池があって花がいっぱい咲いていた。ああいうのを御殿って言うんだと思った」

「奥方にも会ったんだろ。どんな人だった」

「やさしそうで、きれいで物知りで、上品で、全然偉そうにしなかった」

「つまり、物の分かった人なんだ」

紅葉は丈夫な歯で炒り豆をかりりりっと噛んだ。

展江は四十に近かったかもしれない。髪に白いものが交じり、目尻にはしわがあったが、それでもなお、美しいと思える人だった。同時に、近寄りがたい威厳があった。

あのとき、梅乃が持参したつくりたての柏餅を手にして展江は言ったのだ。

――源太郎さんのお心も、こんな風に真っ白でやわらかく、傷つきやすいのでしょう。でも、今がそのときなのですよ。……やさしい道だとは思いません。でも、やり遂げられると思ったから、お声をかけました。お心が決まったら、おいでくださいとお伝えくださいさい。

お武家の人たちは、それぞれ覚悟を持って生きていると聞いたことがある。主君のために、名を守るために、ときには命を捨てることもある。その覚悟だ。

男たちだけではなく、家を守る女たちもまた覚悟を持っているのだと気づいた。

「源ちゃんのお見舞いに行ってみようか」

紅葉が言った。

「ええ、だって……、源太郎さんは真鍋様の息子よ。本当なら私たちが親しくお話ができるような人じゃないでしょ」

「そりゃあ、大人の都合だろ。あたしたちは子供なんだから、そんなの関係ないよ」

都合のよいときに子供になる紅葉だ。

「あんなに熱心だった朝稽古や大好きな明解塾を休むっていうのは、もうとんでもなく大変なことが起こっているってことだよ。心配じゃないのか」

もちろん心配だ。

「だから、行って話をしようと思っているんだ。まわりの大人に言えないことも、あたしたちになら話せるかもしれない」

余計にことが大きくなるかもしれないが。

「ねぇ、晴吾さんにもいっしょに来てもらわない？　私たちじゃあ、学問のことは分からないから。もしかして、学問でつまずいているかもしれないでしょ」

「うん、それはいい考えだ。でも、源ちゃんは学問ではつまずいていないと思うよ。もっと違うことで悩んでいるんだ」

そう言って、紅葉はむっくりと起き上がった。

旗本である城山家の家屋敷は将軍家から下賜されたものだ。梅乃と紅葉は塀の外からしか眺めたことはないが、家族が住むには十分すぎるほどの部屋のほか、家臣たちが住む長屋や土蔵があるそうだ。

門番に、如月庵の者だが晴吾にお目通りを願いたいと伝えると、不審そうな顔をされたが近所のことなので取り次いでくれた。しばらく待っていると晴吾が出て来た。

「源太郎さんのことが心配なのですが、何か聞いていますか」

梅乃はたずねた。

「いえ、とくには。疲れが出たようで部屋から出てこないと聞きました。私も心配をしているんです」

「だったら、いっしょにお見舞いに行きませんか。すぐ近くですし、晴吾さんの顔を見たら源太郎さんも元気が出ると思います」

紅葉がすかさず誘う。一瞬、間があった。晴吾は眉根を寄せて考えているようだったが、すぐにいつもの穏やかな笑顔になった。

「そうですね。紅葉さんたちがいっしょだとにぎやかでいい。行ってみましょう。

ちょっと待ってください」

晴吾はいったん戻るとすぐに風呂敷包みを抱えて出て来た。

「手みやげにお饅頭を用意してきました。お菓子があると、気持ちがほぐれますからね」

にこにことした。


源太郎は自分の部屋で布団に頭からもぐっていた。

日当たりのいい六畳間で、部屋は火鉢が入って温かい。布団は綿がたっぷりと入って、ふかふかとやわらかそうだった。隅には文机があり、傍らにはたくさんの書物や剣道の道具がおかれている。そのどれもが真鍋家にふさわしいものだった。

「源太郎さん、お加減はいかがですか」

晴吾がやさしい声をかけると、分厚い布団が動いた。

「道場も塾も休んでいると聞いて心配したんですよ。お腹が痛いんですか」

梅乃がたずねた。

「はい。お腹と頭が痛いんです。どこもかしこも痛くて、立ち上がるとふらふらします」

布団の中からくぐもった声が聞こえた。

「原因は何なんだよ」

紅葉が聞く。

「医者には気鬱だと言われました。暮らしが変わったことで溜まっていた疲れが出たからだとも」

気鬱とは気が晴れないで鬱々としているということだ。ひどくなると、病気になるらしい。

「今まで頑張りすぎたんですよ。学問も剣道も人一倍一生懸命でしたから」

晴吾がやさしいことを言う。

「そうよ。葛飾の暮らしとはすっかり違ってしまったんですもの。その疲れが、今、出たんだわ」

梅乃も続ける。

そのとき、女中がお茶とおもたせの饅頭を持って来た。上等のお茶はいい香りを漂わせている。饅頭は大きくてあんこがたっぷり入っている。

「おいしいですよ。お饅頭。いっしょに食べましょうよ」

晴吾が誘う。

源太郎はもぞもぞと起き上がって布団の上に座った。

梅乃は源太郎がすっかりやせて面変わりしてしまったので、驚いた。白い寝巻からのぞく胸にはあばら骨が浮かんでいる。手足は細く、目の下にはくまができていた。

「ありがとうございます。みなさん、私を心配して来てくださったんですね。申し訳ありません」

源太郎は礼儀正しく挨拶をし、梅乃が差し出した盆の上の饅頭に手を伸ばした。

そのときだ。

紅葉が源太郎の手をぐいとつかんだ。盆にのせた饅頭があたりに飛び散った。源太郎は驚いてあっという顔になる。紅葉は源太郎の顔に自分の顔を寄せると、ささやいた。

「源ちゃん、あんたは、何か隠しているんだろ。今だよ。今しかないよ。言いたいことがあったら、今、言いな。あたしたちが力になるから。そうでないと、もっと大変なことになるよ。あんただけじゃなくて、真鍋様も奥方様も、葛飾のお母さんも困ったことになるよ」

源太郎は紅葉の手を離そうともがく。けれど、紅葉はその手を離さない。

「あんたはお侍だろ。そんなんでいいのかよ。そうやって、いつまでも、そんなところにこそこそ隠れているわけにいかないだろ」

源太郎の目が大きく見開かれた。何かを言いたそうに口が半開きになる。だが、声が出ない。

涙があふれだす。

なんとか紅葉の手を振りほどこうと暴れる源太郎の体を晴吾が抱きしめた。

「何があったんです。どうしたんですか。源太郎さんらしくないですよ。話してください。そのために来たんですから」

源太郎はなおも手足をばたばたと動かした。けれど、晴吾は離さない。ぎゅっと抱きしめている。

「私たちを信じてください。友達じゃないですか」

晴吾がやさしく語りかける。

「そうよ。源太郎さん。力になるから」

梅乃が源太郎の背をなでる。

「黙っていちゃ、分からないだろ」

紅葉が叱りつける。

突然、「うわあ」という小さな叫び声が聞こえた。やがて源太郎は晴吾の胸に顔をうずめてしくしくと泣き出した。

「私は盗みを働いてしまいました。駄菓子屋さんから菓子を盗んだんです」

しゃくりあげながら、そう言った。

「最初、私は守之助さんがいつも菓子を持っていることが不思議だったんです。あるとき、あの駄菓子屋さんに行って棚の菓子を袂(たもと)に隠すのを見てしまった。そんなことをしたらいけないと注意したら、守之助さんが言ったんです」

――なんだよ。お前だって、俺がやった菓子を食べたじゃないか。お前には俺を非難することなんかできねぇよ。袂を見てみろよ。

「私の袂には、ごまねじりが入っていたんです」

――このことがお前の親父に知れたら、どうなる？　養子の話はご破算で、お前は葛飾に戻される。葛飾のお袋さんは泣くだろうな。お前は、旗本なんかじゃねぇ。勘定奉行なんか夢のまた夢だ。もとのお徒士になって、尻はしょりで雉を追って走るんだ。それが嫌だったら、俺の家来になれ。何でも、俺の言うことを聞くんだ。

「それで、源太郎さんは守之助さんの家来になったんですか」

晴吾がたずねた。

「私は怖かったのです。葛飾に返されたら、母はどんなに悲しむか。私が出世することを楽しみにしているのです。そのためには貧乏も淋しさも厭わない。苦労でも何でもないと言うんです。それに、このことを知ったら、真鍋の父上はお怒りになるに違いありません。裏切られた気持ちにもなるでしょう。真鍋の家の子供になりたいと、私よりもすぐれた子供たちがたくさん名乗りをあげていたんです。でも、私を取り立ててくださいました。真鍋の母上も私を慈しんでくださった。どんなにがっかりされることか」

梅乃は唇を噛んだ。

宇一郎の不興をかって養子縁組が白紙になろうとしたとき、源太郎は葛飾に帰ると言った。そのとき、母親の志津（しづ）が叫んだのだ。

――それができるくらいなら、苦労はありません。私たちには借財があるのです。父が病に倒れたとき、薬代を札差から借りています。病気が治ったら父が返すはずでしたが、それもできなくなりました。そのお金は将来、お前が返す約束になっています。お前は一生、その借金に追われるのです。それでもいいというのですか？

源太郎が徒士の職につくまで、早くても三、四年は待たねばならない。その間にも、高利で借りた借金はふくらんでいく。元金の何倍にもなっているだろう。

源太郎には後がないのだ。

梅乃の頭の中に滝が浮かんだ。岩がせりだした垂直の壁を必死に登ろうとする鯉がいる。何度も、水の勢いに負けそうになる。進んでは押し戻される。けれど、鯉はあきらめずに滝を登っていく。

その滝を登れば龍になれる。だが、失敗したら……。岩に打ち付けられて、死ぬかもしれない。

「それで、あんたは守之助の家来になったのか。駄菓子を盗んだのか」

紅葉がもう一度たずねた。

源太郎は小さく首を横に振った。

「いいえ。それはできないと言いました。そうしたら、棒で打たれました。腕も背中も」

源太郎が袖をめくると、青あざがいくつも現れた。

「みんなには道場で打たれたと言ってあります。でも……、そんなことはいいんです。私のことは。私はどんなことをしても守之助さんを止めなくてはいけなかったんです。だって、守之助さんはお菓子が欲しいわけじゃないんです。お金ならたくさん持っています。そうじゃなくて、ただ、盗んでみたかったんです。だけど、そんなことをしたら駄菓子屋のおばあさんの暮らしが立たなくなります。おばあさんはお菓子を仕入れて、それを子供たちに売っています。儲けはわずかです。おばあさんはその日、食べる物がないと悲しんでいました。……私は食べる物がないことがどんなに切なくて、心細いことか知っています。だから、ぜったいに、そういうことはしてはいけなかったんです」

そう言って源太郎はうつむいた。

「私は卑怯でした。守之助さんから離れることもできず、かといってそれを正そうともせず、黙って見ていました。ある日、守之助さんに言われたんです」

――お前は自分は手をくださないから、大丈夫、安心だと思っているんだろ。違うよ。お前の袂の中を見てごらん。今日も俺が盗んだ菓子が入っているぞ。お前も俺と同じなんだ。お前のおやじに告げ口しようか。天下の真鍋宇一郎様は何て言うかな。お前のことを引き立てている明解塾の先生や、お前を気に入っている八百屋の隠居はさぞかしがっかりするだろうな。お前は俺を盗人だと思っているかもしれねぇけど、そういう俺を黙って見ているお前は卑怯者なんだぞ。分かっているのか。

「私は足元が揺れたような気がしました。地面に膝をついて泣きました。『もう、手遅れだよ。万事休すだ』。守之助さんは手を打って笑いました。まったく、その通りなんです。私は卑怯者でした」

源太郎はしくしくと泣き出した。

晴吾も紅葉も梅乃も、もう、だれも言葉を発しなかった。源太郎が鼻をすする音と火鉢の上の湯沸かしの湯がたぎる音だけが響いていた。

屋敷は静かだった。

広い屋敷には何人も女中や下男たちが働いている。さっき玄関で訪うたとき、女中が展江に伺いを立てていたから、展江もどこかにいるはずだ。

けれど、梅乃が耳をすませても、こそという物音ひとつしない。屋敷全体が気配を消し、じっと息をひそめているようだった。

「源太郎さん、お気の毒なことだと思います。でも、これは、なかったことにはできませんよ。守之助さんが言った通り、あなたは守之助さんが万引きをすることを知っていながら、ずっと見逃してきた。もっと以前にできることはたくさんあったはずなのに。源太郎さんはそれを怠った。逃げ出してしまった」

晴吾が言う。

「分かっています」

源太郎は小さな声で答えた。

「明解塾の塾訓の最初は何だか覚えていますよね。『自分に正直であれ』と。私たちは学問をする者なんです。学問を自分の都合で曲げてしまったら、それはもう、学問ではないんです。学問は真実普遍だから、人々は学者の言葉に耳を傾ける。他人をごまかせても自分はごまかせない。どこまでも正直に、自分を律していく。それができない者は、学問を求める資格がないです」

晴吾は諄々と諭すように言った。

「……私は道を誤ってしまったんですね」

源太郎はのどから絞り出すような声をあげた。

「できることなら、私も源太郎さんを助けてあげたい。力になりたい。謝ってすむことなら、私は何度でも源太郎さんのために頭を下げます。でも、私ができることはそこまでです」

晴吾も涙を流した。

「真鍋の父上と母上に、このことを正直に話します。そうして、駄菓子屋のおばあさんや明解塾の先生や一心館の道場の方々にもお詫びいたします」

「そうですよ。それしかありません。さあ、勇気を出しましょう」

二人のやり取りを聞いて、梅乃と紅葉は真鍋の屋敷を辞した。

通りに出ると、梅乃は言った。

「ねぇ、どうしよう。このままじゃ、源太郎さんは葛飾に戻されちゃう」

「そうだよ。晴吾さんもいい人だけど、やっぱり苦労知らずのお坊ちゃんなんだ。源ちゃんの本当の苦労が分かってないんだよ」

紅葉も口をとがらせた。

如月庵で最初に会ったときの源太郎はひどくやせていた。母と二人の暮らしは貧しく、魚も貝もほとんど口に入らなかったからだ。真鍋の養子となって、きちんと食事をとれるようになっても、なかなか太れなかった。

きっと、ぴりぴりと毎日気を張って暮らしていたのだ。

真鍋宇一郎は己に厳しい人だ。展江も武家としての心構えを説くだろう。屋敷には使用人がたくさんいて、その者たちとも上手につきあっていかなくてはならない。

梅乃や紅葉に会うとき、源太郎は子供らしい表情を見せていた。けれど、そのほかのときは、みんなに気に入られるよう、そそうがないよう、自分がどう振舞えばいいのか考えながら過ごしていたに違いない。

そうやって少しずつ真鍋の家になじみ、明解塾や一心館での居場所を見つけようとしてきたのだ。

守之助はそういう源太郎に目を付けた。駄菓子屋の菓子を万引きするのが遊びなら、必死で真鍋家になじもうとする源太郎を引きずりおろすのも、遊びのひとつか。人々にかわいがられていることへの嫉妬もあったのかもしれない。

弱みをつかんで仲間に引き入れようとした。

「駄菓子屋のおばあさんに事情を説明して、取りなしてもらう？」

梅乃が言った。

「そうだな。それがいい。そうしよう」

紅葉は駆け出した。

駄菓子屋に行くと、近所の年の子供たちが買い物をしていた。手に一文か二文、金をしっかりと握って真剣な、けれど楽しそうな顔で品物を選んでいる。

店に入ろうとすると、紅葉が止めた。

「店の隅を見てごらん、守之助がいるよ」

すぐに分かった。

守之助の着物は格子の柄がくっきりと見えるほど新しかったからだ。手も顔も白く、白い足袋をはいていた。

ほかの子供たちの着物は何度も洗い、染めなおし、藍とも茶とも分からない色になっている。つぎはぎだらけだったり、丈が短かったりした。

守之助は菓子を手に取り、ちらりと眺め、つまらなそうな顔で棚に戻す。

そうか。守之助は駄菓子なんか、欲しくないのだ。家に帰れば、饅頭でも最中でも羊羹でも、食べたいだけ食べられるのだ。

そう思ったら、梅乃は腹の底が熱くなった。

財布には袋一杯菓子を買えるほどの金があって、だから、おばあさんがどんな風な思いで暮らしているかなんて、想像がつかないのだ。お母さんに冷たくされているという話を聞いた。もし、それが本当だとしても、だからといって許されることではない。

そんな風に他人を傷つけてはいけないのだ。

「知らんぷりをして、見過ごそう。それで、店を出たら、声をかけるんだ」

紅葉がすたすたと店の前を通り過ぎる。梅乃も守之助から目を離した。少し離れたところの木の陰に隠れた。

守之助はなかなか出てこなかった。

梅乃はじりじりとした気持ちで待った。十数えてみた。それで足りなくて、五十数えた。まだ、足りなくて百。ゆっくり、ゆっくり数えた。

やっと守之助が出て来た。

「守之助さん。お久しぶりです」

紅葉が声をかけた。

「ああ、如月庵か」

守之助から挨拶はなかった。ちらりと上目遣いで梅乃たちを見ただけだった。

「ちょっと、おたずねしたいことがあるんですけど。その袂の中には何が入っているんですか」

梅乃がたずねた。守之助は一瞬、困った顔になった。だが、すぐに表情を変えた。

「私は侍ですよ。その侍の袂を改めるというのは、どういうことですか。答えによっては、父君にもお伝えしなくてはならなくなります」

落ち着き払って答えた。

梅乃は守之助の袂をにらんだ。不自然にふくらんでいる。何かが入っているに違いない。だが、駄菓子かどうかは分からない。ちゃんと金を払って買ったのかもしれない。

梅乃は口ごもった。

源太郎のことで頭がいっぱいで、先走ってしまった。

守之助は頭が回る。しかも、自分が御家人の息子であることをよく分かっている。

紅葉がにやりと笑って言った。

「だって、あんたの袂、なんだか、汁みたいなもんがしみてるからさ。その立派な着物が台無しになるんじゃないかと心配して言ってやったんだよ。酢いかみたいなもんだと、臭いがつくしさ」

守之助ははっとしたように、袂を改めた。

「ほら、やっぱり菓子が入っているんだろ。出した方がいいよ」

紅葉が袂に手を伸ばした。その手を守之助が払った。

「まさか、人に見せられないものじゃないですよね」

梅乃も近づいた。

「なんだ、お前たち。こっちに来るな」

守之助がいきなり、梅乃の腹を蹴った。思いがけない強い力に、梅乃は地面に転がった。口がきれて血の味がした。

「何をするんだよ」

紅葉が叫び、その腰を守之助が蹴る。

「謝れ、手をついて謝れ。申し訳ありませんでしたと、頭を地面につけるんだ。私のことをだれだと思っているんだ。御家人の石塚家だぞ。こんな無礼を働いて、どうなるか分かっているのか」

守之助は顔を真っ赤に染め、両手を振り回し、甲高い声でわめいている。その声に駄菓子屋のおばあさんの声が重なった。

「もう、そのくらいにしてあげてください。この婆の白髪頭に免じて許してください。申し訳ありませんでした」

おばあさんは声を振り絞り、守之助の腕にすがりついた。

「ばばあ、うるせえ」

守之助が腕を払うと、おばあさんの口が「わ」の形になって尻餅をついた。

「お年寄りに何をするんですか」

梅乃は叫んだ。夢中で立ち上がると、守之助の腕をつかんだ。

「源太郎さんに何をしたんですか。美里屋の太一さんを脅かしたのも守之助さんでしょう。謝るのは守之助さんですよ。源太郎さんに謝ってください。太一ちゃんにも、八百屋のご隠居にも、おばあさんにも謝ってください」

守之助は大声をあげた。

「痛い、痛い。大人が寄ってたかって、子供をいじめています。殺されそうだ。痛い、痛い」

思わず、梅乃は手をひっこめた。だが、そのすきに紅葉が守之助の袂に手を突っ込んだ。

ばりっと音がして、袂がちぎれた。

「守之助さんも、梅乃さんも、紅葉さんも。もう、そのぐらいにしておきませんか」

おだやかな晴吾の声がした。

一同は冷静さを取り戻した。

地面を見る。十、二十、三十。

黒い地面には白いさらし飴が散らばって、花が咲いたように見えた。

「源太郎さんはすべてを母上に話しました。守之助さんも、ご自分のしたことをお家の方に正直に話された方がいいですよ」

晴吾が言う。守之助は唇を噛んで晴吾をにらみつけた。

十日ほどが過ぎた。

梅乃と紅葉がいつものように朝の掃除をしていると、坂道を上がって来る二人の姿が見えた。晴吾と源太郎だった。

「源太郎さん。また、朝稽古に通うようになったんですね」

梅乃は大きな声をあげた。

「ご心配をおかけしました。駄菓子屋のおばあさんや一心館の館長、明解塾の先生方にも私から事情を話し、お詫びをいたしました。父上にも厳しく叱られましたけれど、また、こうして通うことが許されました」

源太郎は梅乃たちにもていねいに頭を下げた。

「守之助さんはどうなったんだ」

紅葉がたずねた。

「明解塾も一心館も辞めました。別の学問所に通うそうです」

晴吾が言葉少なに伝えた。源太郎は姿勢を正した。

「今度のことで、真鍋の父に諭されました。はじめて私に会ったとき、父は私に真鍋の子となる覚悟を問いました。そのとき、父もまた親となる覚悟を決めたのだそうです」

——私は心の中で、死んだお前の父親に約束した。源太郎を自分の子として、きちんとした大人に育てると。私にはその責がある。だから、もう、これからは葛飾に帰されるなどと考えるな。ここがお前の家だ。お前はまず、自分に正直になれ。何が正しいのか、そうでないのか、自分が一番分かっているはずだ。自分に恥じるような行為をしてはならない。父が言うことはそれだけだ。

「いいお父様ですね」

梅乃は言った。

「はい。父の言葉が胸にしみました。私は今までよりももっと、父上と母上のことが好きになりました。二度とこのような間違いを起こさないよう、精進してまいります」

源太郎はまっすぐな目をして告げた。

晴吾と源太郎は梅乃と紅葉に一礼をすると、坂道を上っていった。

ずっと黙っていた紅葉が小さくため息をついた。

「なんだか、まぶしいよねぇ。あの人たちは、きっと今に、あたしたちには手の届かないところに行くんだね」

「そうねぇ。きっと、そうなるわねぇ」

梅乃が空を見上げると、空の一カ所、白い雲のあるあたりが虹色に輝いている。

「ねぇ、彩雲よ」

「ほんとだ。きれいだねぇ」

二人はしばらく空を見つめていた。

彩雲は幸運の印だそうだ。

源太郎が立派な大人になりますように。晴吾の学問がうまくいきますように。みんなが幸せでありますように。

梅乃は心の中で祈った。


後になって、真鍋宇一郎が息子が迷惑をかけたと、駄菓子屋のおばあさんにきちんと詫びを入れたことを聞いた。おばあさんはひどく感激して、あちこちに吹聴した。

――あんなに偉い人なのにさ、息子のことだからとあたしみたいなもんにも筋を通すんだよ。さすがだねぇ。あたしは、もったいなくて涙が出た。やっぱり、並みの人とは違うんだねぇ。

それが宇一郎という人なのだと如月庵の者たちは噂した。

第三夜

鴻鵠の志

1

その日、如月庵にやって来たのは、松島慎三郎（まつしましんざぶろう）という十六歳の若者だった。ひどくやせて頭が大きい。あれこれとこだわりの強そうな顔つきをしていた。

慎三郎には権左衛門（ごんざえもん）という白髪の従者がついていた。権左衛門は六十に手が届くという老人である。こちらは、いかにも忠義者という感じがした。

梅乃が二階の部屋に案内をした。

「部屋係の梅乃と申します。一生懸命お世話をさせていただきますので、よろしくお願いいたします」

梅乃が挨拶をすると、慎三郎がちらりと横目で眺め、たずねた。

「今、何て言ったんだい？　一生懸命、それとも一所懸命かい」

問われて梅乃は目を白黒させた。

「ええっと、いっしょうけんめいと申しました」

慎三郎は馬鹿にしたように鼻を鳴らした。

「ああ、それは違うよ。一生懸命という言葉はないんだ。『一所懸命』、つまり『一箇所を懸命に守る』というのがもともとの意味で、そこから転じて『ひとつのことを力の限り頑張る』という風に使われるようになった。で、今、あんたが言った『一生懸命』は、『一所懸命』の『一所』が『一生』と言い間違えられたことから、広まった言葉だ」

「も、申し訳ありません。不調法なもので」

梅乃は真っ赤になって謝った。

早口だったし、難しい言葉を使っていたので、話の内容は分からない。だが、梅乃は自分が恥ずかしい間違いをしたことだけは分かった。

「いや、いいんだよ。たいていの人はこのことを分からずに使っているから」

懐から書物を取り出すと、それを眺めた。

梅乃がお茶の用意をしていると、慎三郎は障子を開け、外を眺めた。

「もっと賑やかなところかと思ったけど、案外、淋しいところだね」

「はい。でも、坂の下には上野広小路がございます。また、不忍池のまわりは夜になると提灯がついてきれいです」

「なるほどね。でも、日本橋や浅草のにぎやかさにはかなわないだろうね」

慎三郎という若者は理屈っぽい。物知りで、こだわりが強く、気難しい。

苦手なお客だなと、梅乃は思った。

「しかし、これから国に帰ると思うと、気が滅入るなぁ。あれほど退屈な場所は日本中探してもないだろうね」

「若。江戸にお気持ちがあるのなら、どうして、あのとき、そうおっしゃらなかったのですか。若がそういうお気持ちでしたら、なんとでもなりましたのに」

権左衛門が恨みがましい目をした。

「気持ちなんかないよ。江戸も嫌いだ。だけど、どっちがより嫌いかと言ったら、国元の方だなということだ」

慎三郎は座ると、梅乃のいれた茶をつまらなそうな顔をして飲んだ。

「ねぇ、樅助さん、『いっしょうけんめい』は間違いなんですか」

梅乃は慎三郎の部屋を出ると、すぐ下足番の樅助のところに行って、たずねた。

「一生懸命がどうしたって?」

煙管を吸っていた樅助が聞き返した。

「ですからね、いっしょうけんめいは間違いで、いっしょうけんめいが正しい……、あれ、どっちも、同じ？　とにかく、違うって言われたんですよ」

　梅乃は汗をかきながら説明した。

「ああ、そりゃあ、『一生懸命』と『一所懸命』のことだな。それを言ったのは、二階の松島様か」

「そうです。あの若い人です」

「ほうほう、さすがに栴檀(せんだん)は双葉(ふたば)より芳(かんば)しと言われた秀才だな。憎いことを言う」

　縦助は笑顔になり、火鉢の灰に字を書いて説明してくれた。それでやっと合点した。

「つまり、『生』と『所』の違いなんですね。それにしても、あの松島様って人はどういう人なんですか」

　梅乃はたずねた。

「うん。松島様はね、美濃のとある藩の御殿医の息子さんだよ。父上も、二人の兄上もお医者様だ。だから、慎三郎さんも父上や兄上と同じくお医者様になるため、江戸に来て医術を学んでいた。江戸でも五本の指に入ると言われる田辺良仙(たなべりょうせん)先生という偉いお医者の私塾に入ったんだ」

「でも、国元に帰るのがどうとかって、二人で話していましたけど……」

「うん。まぁ、そこで、いろいろあってね、田辺塾を出されることになってしまったんだよ。兄上が国元から迎えに来るから、それまでの間、ここで待つことになったんだ」

「え、じゃあ、あのお客さんは、しばらく逗留するんですかぁ」

梅乃は、つい、不満そうな声をあげた。

「まあ、そういうことだよ。何か、あったのかい」

「だって、文句ばっかり言っているんですもの」

「学業の半ばで帰ることになったからねぇ、きっと思うことがあるんだろう」

縦助は慎三郎の肩を持った。

「それにしても、どうして、あのお客さんは如月庵に泊ることになったんですか？」

如月庵は安い宿ではない。お客はお武家なら禄高が高い人、町人なら名のある店のご主人が主で、慎三郎のような若者はめったにやって来ない。

「はは、そうだねぇ。松島家は御殿医、つまり殿様のお脈をとるお医者さんだからね、それなりの格式があるんだよ。町医者の宗庵先生とは違うよ。それに、ここは良仙先生のお勧めだったらしいよ。思うところがあるんじゃないのかねぇ」

縦助は煙管に火をつけた。

宗庵は坂の上にある医院の医者で、安くて腕がいいといつもたくさんの患者が順番を待っている。宗庵の患者はお金がない人たちが大半で、金がもらえないのが分かっていても治療をほどこす。だから、医院はお世辞にも立派とは言えない。

だが、長崎で医術を学び、本来なら一本立ちしてもいいはずの桂次郎が宗庵のところで修業を積んでいるし、梅乃の姉のお園も宗庵を尊敬して、医院で働いている。

「私は宗庵先生も、桂次郎先生も立派なお医者さんだと思います。お医者様の良しあしは、患者さんが殿様だからとか、ふつうの人だからというのとは関わりがないと思います」

縦助が笑った。

「悪い、悪い。梅乃の言う通りだ。こりゃあ、一本取られたな」

――柏は、あたしのことを探っている。

お蕗は確信した。前の日、庭を歩いて戻って来たとき、柏が何げない様子で言ったのだ。

「獅子とか虎とか、動物には縄張りがあるそうですよ。毎日、その縄張りを歩いて変わったことが起きてないか見張っているそうです。お蕗さんが、毎日、庭を歩くのも、そういうことですかねぇ」

「いやだねぇ。あんた、あたしのことをそんな風に見てたのかい。あたしは、ただ、植木の様子を見ていただけだよ。芽が出たり、花が咲いたり、楽しいからね」

「ああ、そうだったんですか。そりゃあ、失礼しました」

柏が冗談めかして言った。お蕗は笑った。少し顔がひきつった。

柏はお蕗に以前ほど、ていねいな口を利かなくなっていた。相変わらず、お蕗を手伝って部屋係をしている。柏は言われた通り部屋を掃除し、洗濯をする。

だから、お蕗は少し安心してしまっていた。

あぶない、あぶない。

そもそも柏は何者なのか。

なぜ、暗闇坂で倒れていたのか。

柏にたずねても、言を左右して答えない。

――いいじゃないですか。そんなこと。

あるいは、

――人にはいろいろ事情ってもんがあるんですよ。ここは、そういう人が集まっているんでしょ。おかみさんから、そういう風に聞きましたよ。

柏はすました顔で答える。

一筋縄で行く女ではない。

お蕗は豆腐屋や八百屋や、そのほかの者たちにそれとなく探りを入れた。

「悪いけどね、本人には知られないようにね。おかみは何を考えているのか分からないけどさ、やっぱり素性が分からない人はあたしもなんだか、怖いからさ」

豆腐屋の手代はにやりと笑って請け負った。

「そりゃあ、そうだよ。殊勝な顔をしているけど、あの人はちょいと婀娜（あだ）なところがあるからね、たたけば埃が出そうだねぇ」

振り売りの八百屋は首を傾げた。

「俺も、どっかで見た顔じゃないかって気がしていたんだよ。まぁ、ちょっと考えてみるよ」


翌朝、梅乃と紅葉が通りの掃除に出たとき、もう、権左衛門は庭に出て、上半身裸になって乾布摩擦をしていた。権左衛門の薄い胸はあばら骨が浮き出ている。腕は枯れ枝のようで、腕を曲げるとわずかに力こぶができる。そこに布をあて、何やら声をかけながら力をこめて体をこすっていた。

掃除を終えて、梅乃が朝の茶を運んで行くと、慎三郎はまだ布団の中にいた。

「あれ、男衆が布団をあげにまいりませんでしたでしょうか」

梅乃は驚いてたずねた。

「来たよ。だけど、朝方まで書物を読んでいて、さっき少し眠ったところだ。もう少し床にいたいんだ」

慎三郎は布団の中から、眠そうな声で答えた。枕元にはたくさんの書物が積み重なっている。

「申し訳ございません。お茶はそのままそこにおいてくださいませ。若の布団は私があげますから」

戻って来た権左衛門が体を小さくして言った。

「そうだね、そうしてもらおうか。じゃあ、膳を運んでくれ。とりあえず、飯だけ食べようか」

慎三郎がのそりと起き上がった。

その日の朝餉は、干ししいたけやにんじん、れんこんの細切りを入れた卵焼き、さっと焼いた鯛をそうめんにのせて熱々の汁をかけた鯛そうめん、青菜のおひたしに梅干だった。

「なるほどな。私は朝が弱いから、飯粒を食べるのは辛いんだ。そうめんなら、するすると入るな」

慎三郎は宿に来て、はじめて褒めた。

「そうですねぇ。こちらの板前さんが若のことを考えてくだすったんですね」

相伴にあずかる権左衛門も目を細める。

「はい。板前の杉次がそれぞれのお客様のことを考えてご用意させていただいております。ご希望がございましたら、おっしゃってください。できるかぎり、添わせていただきます」

梅乃は茶をいれながら告げた。

膳を片付けて部屋係が休む溜まりに行くと、紅葉とお蕗、柏がいた。

「二階の松島様は梅乃がお世話をしているんだろ。なんかさ、慎三郎って子は、試験のときにズルをして塾を出されたみたいだよ」

お蕗が言った。

「そのこと、どこから聞いたの」

梅乃はたずねた。

「ほら、田辺塾っていうのは浅草の向柳原（むこうやなぎわら）にあるんだよ。そっちの方を回っている人がいてさ、たまたま話をしていたらそういうことを聞いたんだ」

お蕗は少し得意そうな顔になる。

「本当にお蕗さんはすごいです。だって、世間話をしていながら、そういうひみつの話を聞き出すんですよ」

柏が感心した様子になる。

「そんなのべつにすごくもなんともないよ。向こうはしゃべりたくてうずうずしているんだ。慎三郎を知っているんですか？　ああ、そうですか。そりゃあ、いいところで会ったってなもんだよ」

いい音をさせて炒り豆を嚙みながら言った。

「なんで、ズルなんかしたの？　樅助さんが言っていたけど、お父さんもお兄さんもお医者様で、子供の頃から頭が良くて有名だったらしいわよ」

梅乃が言った。

お蕗はふんと鼻を鳴らす。

「お国の方じゃ秀才だったかもしれないけど、江戸に来たら、その程度の人はいっぱいいるからね。かわいそうに、学問についていけなかったんだろ」

見て来たように決めつける。

「ああ、ある、ある、そういうこと。晴吾さんや桂次郎さんのような人こそ、秀才って言うんだ」

紅葉が持ちあげる。

「そうよ、そうよね。そうなのよ」

梅乃はうなずいた。

梅乃と紅葉は晴吾に和算を習っていたことがある。何度教えてもらっても、鶴の足と亀の足がこんがらがるし、三角の辺の長さを間違える。それでも、晴吾は嫌な顔をせず、根気よく繰り返し説明してくれた。

桂次郎も朝から夜まで休まず病人を診ている。病人はわがままだから、自分が勝手をしていたくせに、薬が効かないとか、見立てが悪いと文句を言う。はては、早く治らないと飯の食上げだなどと脅す。そういう人たちにも忍耐強くつきあっている。そんな風に、頭が良いのはもちろんで、さらに心映えの良い人を秀才と言うのだ。

「その上さぁ……」

お萏が身を乗り出したとき、がらりと襖が開いて桔梗が顔をのぞかせた。

「あんたたち、お客の噂をしちゃいけないって何度言ったら分かるんだい。さっさと持ち場に戻りなさい」
溜まりにいた部屋係はいっせいに腰を浮かせた。

野菜を届けに来た振り売りの八百屋がお蕗の顔を見ると、軽く目くばせをした。柏のことが、何か分かったのかもしれない。

さりげなく井戸端に出ると、柿の木の陰で煙草を吸っていた。

「例のあの人さ、池之端の絵描きの女房だったんじゃないかねぇ。俺も、何度か会ったことがある。絵描きは一時は結構、羽振りがよかったんだけど、とにかく酒好きでさ、酒毒で絵が描けなくなった。それで一年ほど前にどっかにひっそり引っ越して行ったんだよ」

また別の日、豆腐屋が言った。

「浅草で女中をしていた女が半年ほど前に突然消えたんだ。悪い男にひっかかったんじゃないかって噂だけど、その先のことは分からねぇ。その女に年恰好が似ているんだ」

さらに別の日、植木屋が告げた。

「あの人、麹町（こうじまち）のお屋敷のお妾さんだった人じゃねぇか。旦那が半年ほど前に死んで、屋敷を出されたんだよ」

どれも信憑性がありそうだが、これという決め手もない。なんとなく、そうらしいというだけだ。

そうなると、お蕗がもっとも懸念していることに行きついてしまう。

――柏も根岸で女中奉公していて、壺の存在に気づいていた。

柏の顔に見覚えはない。年月によって顔の印象は変わるものだが、見知った顔なら気づくはずだ。

だが、たとえば、お蕗が来る前に店を辞めていたとしたら。

おばあさんの世話は若い新米の女中がすることになっていた。そして、若い女中は辞めることも多いのだ。

柏も壺のことに気づいていて、火事の日、壺を取りにあの家に戻った。けれど、壺はすでにだれかに掘り起こされた後だった。

その後、偶然にも如月庵にやって来た。お蕗について仕事をしているうちに、おばあさんの壺のことを思い出した。

考えすぎだろうか。

お蕗は胸がちりちりとしてきた。

夕餉の時間になり、膳を運んで行った。さすがに布団は片付けられて、慎三郎は涼やかな顔でいる。

「本日の夕餉は、えびのかき揚げ、れんこん、ごぼうなどの煮しめ、三つ葉のごま和え、香の物、ご飯と汁。それに朴葉(ほおば)味噌でございます」

「朴葉味噌かあ。国でよく食べたな」

慎三郎がつぶやく。

梅乃は七輪をおいた。朴葉味噌は飛騨(ひだ)などの郷土料理で、朴の葉の上に味噌、ねぎやしょうが、干ししいたけやごぼうなどをのせて焼き、熱々のところをご飯にのせて食べるのだ。味噌の塩気とうまみ、朴葉の香りがいっしょになって、ご飯が進むのだ。

「しかし、田辺塾の飯はひどいもんだった。毎日、いわしの煮つけだ。汁なんか、顔が映るほど薄い。まぁ、飯だけは何杯でも食べられた。大食いの奴らは喜んでいたけど、私は一杯で十分だから」

慎三郎はまた文句を言う。

「若はもう少しご飯を召し上がった方がよろしいんですよ。若者がそんなにやせていてはいけません」

権左衛門がまじめな顔で諭す。

「良仙先生がこの宿に泊まるよう勧めてくれたのは、飯だけが理由なのかなあ。ほかには、特に変わったところはないようだけど」

慎三郎が首を傾げた。

「今朝、宿の方にうかがったんですけれどもね、坂の上に昌平坂がございます。そのほか、和算を学ぶ明解塾というのもあるそうですよ。医学にご興味がないのなら、そちらの方面に進むのはいかがかというご指導ではないでしょうか」

権左衛門が伝える。

明解塾の名前が出たので、思わず梅乃もしゃべりたくなる。

「毎朝、こちらの坂道を明解塾で学ぶ塾生がお二人、上っていらっしゃいます。お一人は師範代を務めていて、暦の研究をなさっています。もう、お一人は十一歳で、和算が本当にお好きだとおっしゃっていました」

「暦かぁ。そうすると、その人は星や月を見ているのか」

「そのようにうかがっております。星や月の動きを調べると、正確な暦がつくれるそうです」

「うん、うん、そうか。いいなぁ。そんな風に、やりたいことがあって自分の進む道が決まった人は。うらやましいよ」

いつになく慎三郎は本音をもらす。

「若には、医術を学んでみなさまのお役に立つという役目があるではありませんか」

「私は別に医者になりたいわけじゃないんだ。父も兄も医者で、まわりも勧めた。一度、江戸というところに行ってみたかったから、田辺塾に入塾しただけのことだ。それ以上の意味はない」

「武士の家に生まれたら武士になります。医者の子は医者になるのが決まりです。それが世の理というものです。若のおっしゃることは、人の道にはずれることです。若がもう少し勉学に身を入れてくだされば……、こんなことにはならずに……。私めは恥ずかしゅうございます。こんな風に国に帰ることになってしまったのは、まったく私めの不徳のいたすところ。若のご養育を間違えてしまいました」

忠義な権左衛門はすべての責任は自分にあるというように首をたれ、そっと袖で涙をふく。

「だから、じいと話すのは嫌なんだ。それじゃあ、話にも何もならないじゃないか。私は自分の正直な気持ちを言ったまでだ。それが人の道にはずれるとか、何とか言われてしまったら、もう、何も言えない。それにね、そもそも、こういう結果になったのはじいのせいではない。じいは今まで十二分にやってくれた。今の私があるのはじいのおかげだ。感謝している」

「……そう言ってくださるのは、身に余ることではございますが……、今の若は、じいが思い描いていたものとは違いまする……」

慎三郎になだめられても、権左衛門はまだうなだれていた。


お蕗が夜中に目を覚ますと、隣に寝ているはずの柏がいなかった。

はっとした。

落ち着け、落ち着け。便所に行っただけだ。

そう言い聞かせる。

だが、柏はなかなか戻って来ない。

起きて、柏を捜しに行こうか。しかし、廊下で鉢合わせしたら、まずい。

いや、自分も便所に行こうと思ったと答えればいいのだ。

じくじくと考えていると、襖が静かに開いた。柏だった。足音をしのばせて寝床に戻ると、そっとお蕗の寝息を確かめた。

お蕗は息を殺し、寝たふりをした。

――あの女、夜中に、何をしているんだ。

胸が苦しくなった。


「ねぇ、お蕗さん、昨夜、よく眠れなかったの？　今朝はあくびばっかりしているよ」

溜まりで休んでいたとき、紅葉に言われた。

「そんなことないよ。あたしは寝つきがいいんだ。布団に入ったら十数えないうちに眠っちまう。それで、朝までぐっすり」

そう答えたけれど、本当は眠い。

結局、朝方まで眠れなかったのだ。

こんなことは今までなかった。だれも、お蕗のひみつに気づいた様子はなかった。

そもそも、お蕗に関心を寄せる者などなかった。お蕗は噂好きで、少し抜けているところもある、気のいい部屋係だ。お蕗自身もその役割にすっかり慣れ、安心していたのだ。

それがどうだ、今は四六時中、柏を監視し、壷の心配をしている。

椿の根元がどうなっているのか、見に行かなくちゃ。いや、そんなことをすれば、ここに壺が埋まっていると教えているようなものだ。柏は一体、どこで何をしているのだろう。

あれこれ考えて気が休まらない。

「お蕗さん、やっぱり、おかしいよ。少し、ここで横になった方がいいよ」

紅葉が言った。

2

深夜、ぐっすりと眠っている梅乃を紅葉が揺り起こした。

「やめてよ。眠いんだから」

「梅乃、あんた、のんきに眠っている場合じゃないよ。また、柏さんとお蕗さんが出て行ったよ」

「お便所じゃないの」

「違うよ。毎晩、柏さんが出て行くんだ。そうすると、すぐ、後からお蕗さんが出て行く。二人で何か、やっているんだ」

「そう。それはよかったね」

また、布団にもぐりこもうとする梅乃の顔を、紅葉が冷たい手でぺたぺたとさわる。それでも起きないと耳をひっぱったり、体をつねったりした。

「分かった、分かったから。今、起きるから」

梅乃はようやく目が覚めた。

「早くしな。後を追いかけて、二人が何をしているのか調べるんだよ」

綿入れをひっかけて階段を下り、暗い裏庭に出た。月明りに目をこらすが、お蕗と柏の姿はない。

「どこに行ったんだろう」

「もう、部屋に戻ったんじゃないの」

帰ろうとする梅乃の袖を紅葉がしっかりとつかんでいる。

「ねぇ、なんか、声がするよ」

耳をすますと、ぼそぼそとささやく声がする。声は中庭の方からだ。

足音をしのばせ、そっと近づいていった。声は藪の向こうから聞こえてきた。

「ほら、これが今度の分。五部、同じものをつくって、出来上がったらいつものように沼中（ぬまなか）に渡してくれ。これは前金。残りは、沼中が払ってくれることになっているから」

何かを手渡したらしい、がさがさという音が聞こえた。薮からのぞくと、慎三郎がいる。職人風の男と話していた。

――あの人、私の部屋のお客だよ。

梅乃が目で語る。

――し、静かに。声を出すんじゃないよ。

紅葉が目で答えた。

「分かりやした。沼中さんですね。だけど……坊ちゃん、本当にお国に帰るんですかい」

「ああ、そういうことだ」

「残念だなぁ。もっと、長くおつきあいさせてもらいたかったのに」

「私ももう少し、こっちにいたかったんだけど、しくじっちまったからさ」

「……それにしても、毎回、毎回、こんなにたくさんのお金、本当によかったんですかねぇ」

「いいんだよ。構わない。どうせ、あいつらの金なんだ。国元に本を買うとか何とか言えば、いくらだって送ってもらえるんだ」

「そんなもんですかねぇ。まぁ、みなさん、お金持ちのお坊ちゃんでいらっしゃるから」

職人風の男は受け取った包みを小脇に抱えると、腰を上げた。

「失礼ですが、お二人はここで何をしているんですか」

紅葉が声をかけた。

職人風の男がぎょっとしたように、梅乃と紅葉を見た。だが、慎三郎は悠然としている。

「だれかと思ったら、部屋係さんか。こんな夜更けに夜回りですか。別に悪いことをしているわけじゃないんだ。見つかっちまったから、しょうがない。説明するよ。この人が持っているのは、田辺塾の講義を私がまとめたものなんだ。ほかの塾生が欲しいと言うから、下職に出して書き写してもらっている。もちろん、手間賃は塾生に払わせているよ。こちらは、判子屋の手代さん」

職人風の男はぺこりと頭を下げた。

「坊ちゃんから預かった冊子を書き写させていただいておりやす。中身の方は、あっしらにはちんぷんかんぷんなんですけど、判子屋ですからね。字だけはたくさん知っているし、読みやすい字を書けと言われたら、それも得意なんで。えへへ、まあ、後のことはよろしく」

「じゃあ、急がせて悪いね。頼むよ」

　軽く頭を下げると、男は逃げるように去って行った。

「お客さんは、ほかの塾生が欲しがるほど、きれいに帳面にまとめているんですか」

　梅乃がたずねた。

「うん。私は物覚えがいいんだよ。小一時間の講義なら、先生の言葉を最初から最後まで暗唱できる。私の帳面は、先生の言葉だけじゃなくて、大事なところに朱を入れたり、ちょっとした解説を加えたりしているから、覚えやすいんだってさ」

「でも、それならどうして試験のとき……」

　ズルをしたのかという言葉を飲み込んだ。

「それはさ、まぁ、いろいろあるんだよ」

　空を見上げた。

「ほら、さっきまで真上にあった月が、もう、西に動いている。私は昼まで寝ていればいいけれど、あんたたちはそうはいかないんだろう。部屋に帰った方がいいよ。私も帰るから」

　慎三郎はすらりと立ち上がった。

翌朝、梅乃が朝の膳を持って行くと、権左衛門が申し訳なさそうに顔をのぞかせた。

「若はまだ、休んでおいでです。布団はこちらで上げますから、膳はこちらにおいていただけますでしょうか」

厨房に戻って、杉次に伝えた。

「そうか。若様はお休みか。じいやは早起きだから、気の毒だなぁ」

「そういえば、権左衛門さんが乾布摩擦をしていたのを見かけましたけど」

「ああ。樅助さんも乾布摩擦をしているから、二人で話が合っていたみたいだ」

毎朝、裏庭で樅助は乾布摩擦、杉次は体術、桔梗も体術とそれぞれ鍛錬を行っている。権左衛門もその仲間に入っていったのだろう。

膳を片付けに行くと、権左衛門がその後を追いかけてきた。

「少し、よろしいでしょうか」

「はい。どういったことでしょうか」

「先日、あなた様がおっしゃっていた明解塾に通う若者のことなんです。下足番の方にうかがったら、あなた様たちと懇意になさっているとか」

「晴吾さんと源太郎さんのことでしょうか。懇意なんて、とんでもない。ただ、とてもいい方たちなので、私たちのような者にも親しく声をかけてくださるんです」

「そうそう。そのお二人。その晴吾さんと源太郎さんを一度、若に会わせていただくことはできませんでしょうか」

梅乃は思わず、「どうして？」という顔になった。

「つまりでございますね。私が思いますに、若は田辺塾が合わなかったんでございますよ。それで、やる気が起きなかったんです。若は子供の頃から頭脳明晰。養育係の私が申し上げるのもはばかられますが、上の二人の兄上様よりも優秀ではないかと思われます」

権左衛門は熱を持って語る。

梅乃も昨夜の一件があるから、「優秀」ということは認める。

「あんな風に気ままになさっている様子ですが、芯のところにはしっかりとしたものをお持ちです。ご自分でも、それをどちらに向けていいのか分からないのではないかと思います。今は、こちらの宿に泊まりましたのも、何かのご縁でございます。そういう方とお話しになれば、若も、やりたいことが見つかるかもしれません」

「分かりました。おかみに相談してみます」

梅乃はさっそく、おかみのお松に相談した。

「なるほどねぇ。良仙先生も同じようなことを言っていたよ。慎三郎は学問ができるけれど、医者になろうという気持ちが見えないらしい。まぁ、父親も兄も医者なら、医者の裏も表も見るわけだ。嫌だと思うこともあるだろうね。よし、分かった。そういうことなら、城山様と真鍋様に文を送っておく。晴吾さんと源太郎さんとお話しする機会をつくってもらおう」

お松もすぐに乗り気になる。だが、梅乃はお松の言葉に気になることがひとつあった。

「あの、おかみさんは良仙先生に会ったことがあるんですか？　よくご存じのような言い方でしたけれど」

「何を言っているんだよ。良仙先生は如月庵のお客さんだよ。書き物をするときには、離れに何日もこもって仕上げるんだ。その縁があるから、慎三郎さんをここに送って来たんだよ」

そう言われて思い出した。

白髪の品のいい老人が何日も離れに滞在していることがあった。部屋係は桔梗が務めていたので大事なお客だということは知っていたが、部屋からほとんど出てこないので、何をしている人だろうと思っていた。

「良仙先生は宗庵先生と仲がいいんだよ。同じ学び舎で学んだ仲なんだ」

「そうなんですか」

梅乃は思わず大きな声をあげた。

白髪の品のいい老人と大きな声でがなりながら、いつもせかせかとせわしなさそうに歩き回っている町医者の宗庵が結びつかない。

「若いとき、二人は誓い合ったそうだよ。『私は学問を究め、一人でも多くの人を救う道を探す』『俺は、どんな病人も分け隔てなく治療する医院をつくる』って。いい話だねぇ」

お松は心を動かされた様子で、うなずいている。


早くもその話は調ったようで、翌日の昼には二人が如月庵にやって来ることになった。話がうまく進んでいるので、権左衛門はにこにこしている。反対に、慎三郎は少々うんざりした様子だ。

「今さら秀才には会いたくないよ。田辺塾には佃煮にするほど、秀才がいたんだ」

ぶつぶつと文句を言いながら膳の前に座った。慎三郎が朝餉はいらないと言うので、少し早めの昼餉になった。かまぼこや卵焼きののったそばである。米粒は胃の腑につかえると、若者らしくないことを言う慎三郎のために、杉次が工夫した。

しかし、早朝から乾布摩擦をしている権左衛門が具沢山とはいえ、昼のそば一杯で足りるはずはない。権左衛門は一人で杉次の用意した握り飯と汁を別室で食べることにした。そんなわけで、部屋には慎三郎と梅乃の二人だった。

「学問所はそんなに朝早くから開いていないだろう。その二人はどうしてそんな朝早く、あの坂道を上っていくんだ」

するするとそばをたぐる慎三郎がたずねた。

「道場の朝稽古があるんです」

梅乃は茶をいれながら答えた。

「やっとうか。私は、そういうのは苦手だな。なんで、好き好んで痛い思いをするのか意味が分からない」

「剣術は心と体を鍛えるためではないのですか」

「やっとうが体を鍛えることは分かった。じゃあ、なんで、心が鍛えられるんだ」

そう言われて、梅乃は言葉につまった。

「体を容れ物、心を中身とするとだな。容れ物を強くしたからといって、中身が強くなるとは限らない。もっとも、強い中身を納めるためには強い容れ物が必要になる。だから、体を鍛えておかなければならないという理屈はある。逆は真ならずというところだな」

慎三郎はずるずるとつゆをすする。

こんな風にすぐ理屈をこねるのが慎三郎だ。頭はいいのかもしれないが、人間が素直でない。話をしていると、だんだん腹が立ってくる。

「みんなは私のことを頭がいいと言ってくれる。間違いではないけれど、正確ではない。私は物覚えがいいだけなんだ。先生の言葉や読んだ本の内容がどんどん頭の中にしまわれる」

下足番の縦助も同じだ。一度見たこと、聞いたことを記憶する。

「縦助さんは何でもよく知っていて、私たちにいろいろなことを教えてくれます。お客さんが江戸見物をしたいと言えば、どこの店がおいしいとか、今、どんなお芝居がかかっているか伝えてくれます」

梅乃が言うと、慎三郎は大きくうなずいた。

「そうなんだよ。その記憶したものを頭の中にしまっておくだけじゃあ、意味がない。人に伝えたり、新しい物をつくり出したり、判断することなんだ」

「だったら、なぜお医者様にならないのですか。田辺塾はお医者様になるための塾なんでしょう。お医者様は、みんなに喜ばれる仕事ではないですか」

なんとなく梅乃は突っかかる言い方になった。

「医者って、そんなに立派な仕事かなぁ」

慎三郎は突き放すように言った。

「うちはじいさんも親父も二人の兄貴も医者なんだ。先祖代々医者、そいでもって御殿医。つまり、お殿様の脈をとるんだ。それが、自慢。くっだらないよなぁ」

「……そうでしょうか。お医者様は人の命を預かる立派なお仕事かと思います」

梅乃は茶を注ぎながら言った。

「みんなはさ、御殿医がどんな仕事か知らないから、そんなことを言うんだよ。あのさ、殿様には医者だってなかなか触れさせてもらえないんだよ。ましてや、奥方、姫様になったら大変だよ。脈をとるときだって、布をおいてその上からそっと触れるんだ。そんなんで、分かるわけねえだろ」

権左衛門もおらず、梅乃と二人のせいか慎三郎の話し方はいつの間にか、かなりぞんざいになっている。

「だから、あとは、しゃべりだな。『ご機嫌はいかがでございますか』から始まって、

『今日はお顔の色も格別、およろしいようで』なんて言うんだ。病は気からなんて言うから、あれこれ気分が良くなるようなことを言って、自然に良くなるのを待つ。それが、御殿医の仕事だ」

「はぁ」

そうとも限らないような気がしたが、相手は客だから逆らわない。

「もっと、なんていうかさ、私はこれをするために生まれて来たんだって思えるような仕事に出会いたいんだよ。男子、一生の仕事っていうかね。それが見つかればいいんだけどね」

慎三郎は大きなため息をついた。ふと思いついたように顔をあげてたずねた。

「あんたはさぁ、なんで、部屋係になったわけ」

それで、梅乃はこれまでのことをしゃべるはめになった。

「私の両親は早くに亡くなって、姉と二人で長屋で暮らしていました。姉が仕事に出ているときに火事になり、長屋は焼け、姉の居所も分からなくなりました。お救い所にいたとき、ここのおかみに声をかけてもらいました。それで、こちらで働くようになりました」

「じゃあ、ここに来たのは、たまたまかぁ。……そういうのは、嫌だな」

慎三郎はきっぱりと言った。さすがの梅乃も少し腹が立った。

「そんなことはないと思います。世の中にはめぐりあわせというものがありますから。私はたまたまご縁をいただいてこちらで働き始めましたが、この仕事が好きです。いい朋輩に恵まれて、毎日、楽しく働かせていただいております」

思いがけず、梅乃が強い調子で言い返したので、慎三郎は少し驚いたらしい。しかし、すぐに体勢を立て直し、言い返した。

「だからさぁ、私が言っているのは、そういうことじゃないんだよ。『燕雀安んぞ鴻鵠の志を知らんや』っていうところだな」

梅乃はどういう意味か分からなかった。だが、自分が下に見られていることは気づいた。

――もう、この男に何か言うのはやめよう。

そう心に決めて、あとはただ黙って静かに膳を片付けた。

膳を厨房に返すと、すぐに玄関にいる樅助のところに行った。

「樅助さん、えんじゃくいずくんぞ何とかって言葉を知っていますか？」

煙管を吸っていた樅助は「もちろん」というようにうなずいた。

「それは、司馬遷という昔の人の書いた『史記』という本の中の言葉だね。つばめや雀のような小さな鳥には、大鳥やこうのとりのような大きな鳥の志すところは理解できない。つまり、小人物には大人物の考えや志が分からない、というたとえだ」

「そうですか……」

梅乃がなんとなく、そうではないかと思っていたことと同じだった。

――私は雀で、あのお客さんは大鳥か。

まぁ、その通りかもしれない。こっちは学問のない部屋係で、向こうは御殿医の息子で大秀才だ。だが、だからといって、もってまわった嫌味を言わなくてもいいではないか。そもそも、なぜ、ここで働くようになったのか聞いて来たのは、そっちだ。

梅乃はさらにまた、慎三郎のことが嫌いになった。

ちょうどそのとき、紅葉がやって来た。梅乃が慎三郎に嫌味を言われたと文句を言うと、くっくと笑った。

「結局、お坊ちゃんなんだよ。いつも忠義な従者にかしずかれているから、こんなこと言ったら相手はどう思うかなんて、考えもしないんだ。まあ、話し相手にしてもらっただけ、よかったじゃないか」

部屋係をしていると、いろいろな客に出会う。たいていはいいお客だが、中には嫌な客もいる。

「あと、何日かしたら、お国からお迎えが来るんだろ。それまで、せいぜい気楽に過ごさしてやりな。国に戻ったら窮屈で、今までみたいに好き放題にはしていられないんだよ」

縦助が言った。


しばらくすると、晴吾と源太郎がやって来た。若者同士がいいだろうということで、権左衛門は席をはずし、三人で向かい合うように座った。

梅乃が茶を持って行くと、少しずつ話がほぐれている様子だった。

「そうですか。源太郎さんは和算がお好きなんですね」

慎三郎が礼儀正しい様子でたずねた。先ほど、梅乃を相手にしたときとはずいぶん違う。

「はい。幼少の頃から実父の手ほどきを受けまして、叔父の養子となった今も、明解塾に通わせていただいております。和算はどんなに難しくても、たった一つの正解があるところが好きです。考え続けて、解に至ったときには胸がすっとします」

膝に手をおき、背筋を伸ばして座った源太郎は、すでに立派な若武者である。すらすらと自分の思いをよどみなく伝える。

「ああ、そうですね。私も和算は好きです。突然、霧が晴れたように道筋が見えて解に至る。あの瞬間はわくわくします」

　身を乗り出して慎三郎がうなずくと、源太郎はうれしかったのだろう、ぽっと頬を染め、目を輝かせた。

「そうなんですよ。ですから、もう一日中、ひとつの問題を考えていても飽きないんです」

「まったく、そうですよ。ところで、晴吾さんは暦について学問されているとうかがいましたが」

　如才なく慎三郎がたずねた。

「私も最初は源太郎さんと同じように、和算が大好きで明解塾に入塾しました。やはり問題を解くのが楽しくて仕方がなかったんです。でも、あるときから自分の将来を考えるようになりました。師範代を務めておりましたから、師範となって後輩を指導しながら自分の学問をするという道もあります。和算から離れて、父の跡を継ぐということも考えました」

　晴吾はよく通る声で自分のことを語る。慎三郎は熱心に耳を傾けている。

「そんなとき、先生から暦をつくる仕事があると教えられたのです。月や太陽、星の動きを見て、正しい暦をつくるのです。空を眺めることもありますが、私が今、取り掛かっているのは古文書の蝕の記録を調べることです」

「蝕というのは、日蝕、月蝕のことですか」

すかさず慎三郎がたずねた。

「その通りです。古来、蝕は吉兆であるなど、さまざまに言われていますから、日はもちろん、時刻まで記述が残っています。つまり、その日、そのときの天と地の動きが分かるわけです」

「なるほど、なるほど。それは、興味深い」

慎三郎がまた、大きくうなずく。梅乃にはどこが興味深いのか分からないが、三人は楽しそうに語り合っている。

梅乃は茶を勧めた。

そのとき、雀の声が聞こえた。ふと目をやると、窓の向こうの空に大きな鳥の姿があった。

――この人たちは、私とは違うんだなあ。

梅乃はしみじみと思った。

「しかし、立派だなあ。お二人とも、ちゃんと、ご自分の進むべき道が分かっている。私などは、迷ってばかりだ」

慎三郎が嘆息する。

「迷うのは、みんなそうです。私も、船を造る仕事に関わったことがあります。そのことを経て、自分の進むべき道は暦の学問であると確信しました。慎三郎さんも、今は霧の中にいるように感じているかもしれませんが、いつか霧は晴れます。目の前の道がくっきりと見えて来ます」

「そうですよ。慎三郎さんには、進むべき道が用意されているんですよ」

晴吾と源太郎が口々に言う。

「でもなぁ……」

慎三郎はつぶやいた。

すでに田辺塾を出されてしまったのだ。国元に帰ることが決まっている。

「田辺塾にいらしたんでしょう。どうして、辞めてしまわれたんですか」

源太郎が無邪気な顔でたずねた。たちまち、慎三郎は困った顔になった。

「そうですよ。あそこは、師範も学生も優秀な人ばかりだと聞いています。もったいないじゃないですか」

晴吾も続ける。

「いや、まあ、そうでもないですよ。もちろん、頭脳明晰な秀才も多いですけど、そういうのは一部で、ほとんどは親に言われて仕方なく医者になろうって奴ばかり。中には、とうてい医者に向かない奴もいる」

急に、慎三郎の言葉遣いがくだけた。

「何かあったんですか」

源太郎が膝を進める。

「うん。それがさぁ。まぁ、いろいろばれちまったんだな」

はははと笑ってみせた。つられて晴吾と源太郎も笑う。

「いやあ、その話が聞きたいですねぇ」

晴吾が言う。梅乃も聞きたい。

「私と同じ部屋にも、とうてい医者に向かないって男がいたんですよ。先生の言うことがさっぱり分からないと言う。仕方がないから、私が講義をまとめたものを渡していた。分かりやすいって評判になって、ほかの塾生も欲しいと言うから、最初は自分で書いていたけれど、そのうちに判子屋に頼むようになった。ともかく、その講義録を見るようになって、少し成績がよくなったけれど、やっぱりまだ足りない。落第しそうだって言うんですよ。仕方がないから、虎の巻をつくってやりました。大事なことがまとめて書いてある。それを見れば、落第だけはしないだろうってやつですよ」

「でも、それはいけないことでしょう？」

源太郎が大真面目な顔でたずねた。

「もちろんですよ。だから、こう、袖の中に入れてね、こっそり見る」

慎三郎は左手を袖の中に隠して、虎の巻を見る真似をした。

「それが、うまくいかなかった……」

晴吾が言う。

「そう。その通り。あいつは、本当にだめなんだなぁ。試験の最中に、その虎の巻を落としちまった。ころころ転がって私の脇で止まった。それを師範に見つけられた。中を見ればどういうものか一目瞭然、しかも私の字だ。だれがやったのかと聞かれたから、自分がやりましたと言った。人を欺くような者を医者にするわけにはいかない、この塾に置いておくわけにもいかないって言うから、はい、そうですかって辞めることにした」

ふんと鼻で笑って慎三郎は茶を飲んだ。

「でも、慎三郎さんは同朋のために虎の巻をつくったわけでしょう。そのことは言わなかったんですか」と源太郎。

「言わないよ。だってさぁ、そいつは、何としても医者にならなくちゃならないんだよ。罰を受けるのは、私一人で十分だ」

思いのほか、男気のある慎三郎である。梅乃は少し見直した。

じっと考え込んでいた晴吾が諭すように言った。

「私が思うに、先生方は慎三郎さんが詫びを入れるのを待っているのではないですか。人並外れて優秀な慎三郎さんに虎の巻なんか、必要ないじゃないですか。如月庵に泊まれというのは、塾長のお考えなんでしょう。ここで、頭を冷やしなさいということですよ」

「いいよ、いいよ。もう、今さら。だって、私は別に医者になりたいわけじゃないんだ。国に帰って、何か自分にできそうなことを探すよ」

慎三郎は明るい調子でそう言った。けれど、どこか淋しそうだった。

夕餉の時間になった。権左衛門が慎三郎に話しかけた。

「若、明解塾のお二人とお会いになっていかがでしたかな？　楽しそうにしていたとうかがいましたが」

「そうだねぇ。源太郎という少年とは和算好きということで話が盛り上がったよ。晴吾さんという人は、なかなか見どころがあるよ。ああいう風にまっすぐな気持ちの若者に久しぶりに会った気がする」

偉そうに答えた。

夜がふけて、片付けを終えた梅乃が廊下を歩いていると、玄関の方から慎三郎と櫛助の声が聞こえてきた。

「部屋係に聞いたんですが、あなたはいろいろなことを記憶しているそうですね」

「いやいや、わしのは物覚えがいいってだけですよ。お客さんのように中身が分かっているわけじゃない。たとえば絵に写し取るみたいに、そっくりそのまま頭に納めるんだ」

「それは、すごいことじゃないですか」

「さぁ、どうですかねぇ。ふつうの人は自分に都合の悪いことは忘れてしまうじゃないですか。わしにはそういうことができない。いいことも、悪いことも、そっくりそのまま覚えている。辛いときもありますよ」

「そんなもんですかねぇ」

「そうですよ」

それから、二人は黙った。

梅乃は邪魔をしないように引き返そうと思ったが、樅助に声をかけられた。

「そこにいるのは、梅乃かい？　のどが渇いたから茶を一杯頼むよ」

厨房で熱いほうじ茶をいれて、二人のところに運んだ。

「私の故郷は山の上にあるんですよ。麓から坂道をずっと上っていくと、道に沿って町が広がっていて、その先の山の上に城がある」

「山城というやつですね。じゃあ、景色がいいでしょう」

湯気のたつほうじ茶をすすりながら、樅助がたずねた。

「みんなはそう言うけれど、私には退屈だな。強いて言えばちょうど今頃、山全体がぽおっとやわらかな緑色に染まる。春が来たとうれしくなる」

「そういうのを、山笑うって言うんだそうですよ。いい季節にお戻りになりますね」

その言葉を聞いて、慎三郎はまた少し淋しそうな顔になった。

「帰りたくないなぁ。でも、江戸にいたいわけでもないんだ。江戸に来るとき、兄たちに言われたんだ。父の跡は俺たちが継ぐから、お前は好きな道に進んでいいのだぞって。そのつもりで来たけれど、結局、何も見つけられなかった」

「お客さんは頭が良すぎるんですよ。何でも、頭で考えて分かろうとする。あれこれ思わずに、飛び込んでみるのもいいんじゃないですか」

縦助の言葉に、慎三郎はあいまいにうなずいた。

3

その晩遅く、如月庵を医者の宗庵が焦った様子でたずねてきた。

「ここに、慎三郎っていう半人前の医者がいるだろう。ちょっと貸してもらいたいんだ」

祝言で集まった客十人が食中毒になり、その処置に宗庵と桂次郎が取り掛かった。すると、今度は大工が二人、酔って喧嘩して血だらけになって担ぎ込まれた。その上、ぼやが出て、逃げ遅れてやけどを負った年寄りが三人。さらに別の年寄りが心の臓が痛くなったと言い出して……。

「ともかく、てんやわんやなんだ。良仙からはいざというときは、そいつを使っていいと言われているんだ。そいつは、どこの部屋にいるんだ」

のしのしと階段を上がって部屋に向かう。寝床に入って書物を広げていた慎三郎はあわてた。

「俺は宗庵っていって、坂の上で医院をやってる。良仙から、話を聞いてねぇか。急な話で悪いな。ともかく人が足りないんだ。手伝ってくれ」

「でも、私は……」とか、「いや、そういうことは……」と慎三郎は抵抗したが、宗庵は強引だ。

「あんたも多少は医者の心得があるんだろ。だれでも、いいってわけにはいかねぇんだよ」

寝床から引きずり出され、腕を引っ張られて連れて行かれる。騒ぎを聞きつけて玄関をのぞきに来た梅乃と紅葉に、桔梗が告げた。

「こっちはいいから、あんたたち、二人も手伝いに行きなさい。言われたことは、何でもやるんだよ」

急いで医院に向かうと、お園が迎えてくれた。

「ああ、よかった。人が足りないのよ。これを顔にかけて。それから、洗濯物をたたんでちょうだい」

顔にかける布を渡され、奥の四畳半に案内された。

そこには、とりこんだ洗濯物が山になっている。

「浴衣と襁褓(むつき)はたたんで、包帯は巻いて。すぐ使えるようにね。染みがあるけど、ちゃんと洗って煮沸してあるから。きれいだから」

お園はそれだけ伝えると、足早に去って行ってしまった。梅乃と紅葉はその山を眺めて、口をあんぐりと開けた。如月庵でも洗濯はあるが、その量が違う。しかも、お園が言った通り、あちこちに血なのか、汚物なのか染みがある。

「ともかく、早くやろう」

紅葉が言って、二人は仕事にかかった。

浴衣はすぐに終わった。問題は襁褓である。大人の襁褓だから幅広で長い。それを一日に何度も取り替えるのだから、数が要る。ここには、そういう人が何人もいるのだ。さらに、包帯がある。巻いても巻いても果てしなく続いた。

その間に、うなり声や悲鳴、子供の泣き声が響いて来た。廊下を急ぎ足の足音が行ったり来たりする。医者は宗庵と桂次郎で、女衆はお園のほかに中年の手伝いが二人。食中毒十人に、喧嘩の傷、火傷に心の臓では、手がまわるはずもない。

襖ががらりと開いて、お園が顔を出した。

「二人とも、たたむのはそれぐらいでいいから、こっちに来て、水をくんで」

井戸端で水をくむ。桶を運んで厨房で湯をわかす。

「おい、もっと湯をわかせ。湯たんぽを用意しろ。それから、塩水、砂糖水もだ」

宗庵の怒鳴り声が響く。

桂次郎が慌ただしくやって来て、壺に塩水だの、井戸水だのを入れて持って行く。

「おい。田辺塾、もっとしっかり足を押さえるんだ」

宗庵の怒鳴り声が診療室の方から聞こえた。続いて男の悲鳴。

「お前が叫んでどうする」

どうやら、さっきの声は慎三郎だったらしい。どしんという音がして、また、騒がしくなった。しばらくすると、桂次郎の肩を借りて慎三郎がやって来た。膝に力が入らないのか足がかくん、かくんと動く。くずれるように厨房の土間に座った。

「血を見て貧血を起こしたらしい。少し、ここで休ませてやってくれ」

それだけ言うと、桂次郎は去って行く。

梅乃は湯呑に水をくんで、慎三郎に持って行った。

「大丈夫ですか」

慎三郎は蒼い顔をしていた。小さくうなずいた。

「情けないなぁ」

つぶやく声がして振り返ると、慎三郎は涙をにじませていた。

一時ほどして、少し落ち着いて来たらしく、医院は静かになった。

お園がやって来て、病人の体をふくように言った。

「私にやらせてください」

慎三郎が声をあげた。

「でも……」

お園が心配そうな顔になった。

「もう、大丈夫です。私もお役に立ちたいのです」

慎三郎と梅乃が組になって、病室に行った。腰高の窓が一つある、板張りの部屋に男ばかりが六人寝ていた。どうやら、食中毒の男たちらしい。部屋は汗じみた、すっぱいような、嫌な臭いがした。

「失礼します」

浴衣の胸を広げて温かい手ぬぐいで体をぬぐう。手前に寝ていた男は軽症だったのか、大きく目を開けて「すまないね」と言った。隣の男はまだ少しぐったりとしていたが、人の気配を感じて目を開けた。

「気分はどうですか？　少し、楽になりましたか？」

手ぬぐいをおいた盆を持つのは愼三郎で、体をぬぐうのは梅乃である。自分で言い出したのに、愼三郎は手が出ない。吐しゃ物のとんだ体をふくのは、気持ちのいいことではない。他人の体をふくことなど、愼三郎は今まで一度もなかったのだろう。

梅乃は背後にまわって、背中もふいた。

そのとき、どしどしと足音がして宗庵が顔をのぞかせた。

「なんだ、如月庵が体をふいているのか。おい、田辺塾、これはお前の仕事だろ。何のためにそこにいるんだ」

活を入れられ、仕方なく、愼三郎が代わる。

「なんだ、兄ちゃん、もっとちゃんとふいてくれよ。それじゃあ、気持ち悪くっていけねぇや」

「はい」

愼三郎は力をこめた。一人目が終わり、次の男になった。愼三郎は唇を固く結んで、息を止めている。思いつめたような表情をしていた。汚れた他人の体に触れるのが気持ち悪いのだ。嫌で、嫌で仕方がないのだ。

慎三郎は部屋を掃除したことはあるのだろうか。洗濯はどうだろう。田辺塾では、そういう雑事をだれかがしてくれていたのか。

それでも、慎三郎が少し気の毒になった。

梅乃は慎三郎は頑張った。とうとう、六人目になった。最後の男は、老人だった。まだ、あまり調子がよくないようで、ぐったりとした様子で横たわっていた。

「大丈夫ですか、起きられますか？」

慎三郎がたずねると、男が小さくうなずいた。梅乃が助けて布団の上に座らせた。最初に顔をぬぐい、次に浴衣の前を広げて胸をふく。

「ああ、気持ちいいねぇ。ありがとうね」

男がかすれた声で言った。

「いえ、これも役目ですから」

慎三郎が小さく答える。

そのとき、男の顔がゆがんだ。

「うっ、うっ」

くぐもった声が出て、胸の奥から、ぐるぐる、ごうごうという音がした。男の口から黄色い液体が噴き出し、慎三郎の顔にふりかかった。

「うわぁぁぁぁぁ」

慎三郎は叫び、盆から新しい手ぬぐいをつかみ取ると、滅茶苦茶に自分の顔をふいた。

「大変です。患者さんが、吐きました」

梅乃が叫び、桂次郎とお園が駆け込んできた。

「息はできているか。のどは詰まっていないね」

桂次郎は声をかけながら、体を横たえ、枕をおいて顎を上げさせた。お園は顎に手をやって口を開けさせ、顔を近づけて呼吸を確かめる。

「のどは詰まっていないようです」

「じゃあ、しばらくここにいてもらおう。もう、大丈夫ですからね。体を動かしたから、胃の腑のものがせりあがって来たんです。まだ、少しこのまま横になっていてください」

桂次郎がてきぱきと指示を出す。その間に、お園が新しい手ぬぐいで男の顔をふく。

「私が代わります」

梅乃が手ぬぐいを受け取って、体と浴衣をふいた。

「あんた、しばらくこの方の傍にいてくれる。何か、あったら、私たちを呼んで」

桂次郎とお園はまた、慌ただしく出て行った。

振りむくと、慎三郎が手ぬぐいをつかんだまま、膝にこぶしをのせ、うつむいて座っていた。

「なんだい。兄ちゃん、新米かい。役に立たねぇなぁ」

部屋の男に言われた慎三郎は、だっと駆け出して部屋を出て行った。

そんな風にして朝になった。

軽症の者はそれぞれの家に戻り、加療が必要な者は入院となった。

如月庵から握り飯が届いて、ひと息入れた。

「おお、みんな、ありがとうな。おかげでなんとか乗り切れたよ。感謝、感謝だ」

宗庵ががらがらとした声でみんなをねぎらった。

だがしばらくすれば、通院の患者がやって来る。洗濯物もたたまなくてはならない。休めるのは、わずかな時間だ。けれど、宗庵はもちろん、桂次郎もお園もほかの女たちも、疲れた様子だが、強い目をしていた。

「みんな、全然寝てないけど、大丈夫なの？」

梅乃は心配になってたずねた。

「後で、交代で休むから大丈夫。それにね、今日は、手当てがうまくいって大事に至ることがなかったでしょう。そっちの方がうれしいから」

お園はやさしい声を出した。

――やっぱり、私のお姉ちゃんんだ。なんて、すごい人だろう。

梅乃は姉を誇らしく思った。

帰り支度をしていると、宗庵が慎三郎に声をかけた。

「田辺塾も最初にしちゃ、よくやったよ」

「いや、私は……。そうではなくて……」

慎三郎は顔を赤くしてうつむき、口の中で何かもごもごと言った。

「まあ、こういう医者もいるってことだよ。ああ、そうか。あんたは医者は嫌いなんだったな」

「はい。あの……、いえ……」

慎三郎は逃げるように部屋を出た。

4

如月庵に戻っても、慎三郎はずっと黙っていた。疲れ果てたという表情で、だらしなく座り、ぼんやりとしていた。

二日ほどして兄が迎えにやって来た。年は三十半ばに見えるが、顔立ちも福々しく、十徳という膝くらいまである羽織のような上着を着た様子は、さすが御殿医という貫禄があった。

部屋に行き、慎三郎と二人で長い時間話をしていた。

梅乃が新しい茶を持って行くと、慎三郎はかしこまって兄の前に座っていた。そのずっと後ろで、権左衛門が心配そうに二人のやり取りを聞いていた。

「じゃあ、お前は田辺塾に戻りたいと言うんだな。しかし、もう、処分は決まっているんだぞ」

「ですから、心からのお詫びを申し上げて、なんとか考え直していただけるよう、お願いするつもりです」

「受け入れてもらえないときは、どうするのだ」

「田辺塾には働きながら講義を受けるという者がおります。この前一人辞めたので手が足りません。そこなら、いさせてもらえるはずです」

「それは、掃除や洗濯などの下働きをしながら学ぶということだろう。そんなこと、お前にできるはずがない」

「いえ、やります。やらなければ、ならないのです。私は医者になりたいのです。医者が偉いからではありません。人の命に関わる仕事だからです」

強い調子で答えた。慎三郎が医者になりたいと言ったので、梅乃は驚いて顔をあげた。慎三郎は真剣な様子をしていた。

「これまでの私は、ほかの人より少しばかり物覚えがいいことを鼻にかけ、天狗になっていました。高い所から見下ろして批判をして、それで自分が偉くなったような気がしていました。けれど、実際の私は世の中のことを何も知らず、できて当然のことも満足にできない未熟者でした。私はそんなことにも気づかない、間抜けでした」

「なるほどな。それで、お前の言う世の中のこととは、どんなことだ。当たり前のこととは、何をさしている」

「先日、私は宗庵というこの近くの医院のお手伝いに行きました。そこは町場の人たちが来る医院で、その日は食中毒や喧嘩の傷や心の臓が悪くなった人たちが来て、手が足りなくなったのです。私が田辺塾にいたことを聞いて、手伝ってほしいと言われました。……でも、私は何の役にも立ちませんでした。血を見て腰が抜けました。体についた汚れものが気持ち悪くて、目の前の病人のことを忘れました。恥ずかしかったです。みじめでした」

「そうか」

兄は小さくうなずいた。

「私は田辺塾でたくさんのことを学んでいるはずでしたが、どう役立てていいのか分かりませんでした。私は学ぶということがどういうことなのか、全然分かっていなかったのです。……父上や兄上のご苦労についても、考えることをしませんでした。私は父上や兄上が御殿にあがって、殿様や奥方のご機嫌をうかがうだけの……、いわば……話し相手のようなことをしているのだとばかり思っておりました」

「話し相手か……」

慎三郎の兄は苦く笑った。

「けれど、今、やっと気づきました。肌に触れることも許されず、ただお顔の色を見てご気分をうかがい、わずかな言葉から容態を測ることがどれほど大変で、また気苦労のあることだったのかと」

慎三郎はまっすぐな明るい目をしていた。如月庵に来たばかりのときの、文句ばかりを言っていた気難し屋の慎三郎ではなかった。

「どうやら、お前の決心は本物らしいな。よし、分かった。これからいっしょに良仙先生に会ってお願いをしてみよう」

その言葉を聞いて、身じろぎもせず、二人のやり取りを注視していた権左衛門がほっとしたように肩の力を抜いた。


その後、慎三郎は田辺塾に復学することができたという。慎三郎はたびたび宗庵の元を訪れて、女たちに交じって包帯を巻いたり、湯をわかしたりしている。お園によれば、少しずつ手際もよくなって、宗庵や桂次郎に手伝いを頼まれることもあるそうだ。

第四夜

富士を仰ぐ村

1

如月庵にやって来たのは、南藤右衛門と十八になる息子、奏太郎であった。このところ若者のお客が続くのは、年が近い梅乃が部屋係をするのがいいという桔梗の差配らしかった。

「ようこそ、如月庵においでくださいました。部屋係の梅乃です。お客様の旅が心安いものとなりますよう、誠心誠意努めさせていただきますので、お気づきのことがございましたら、なんなりと申し伝えくださいませ」

梅乃はていねいに挨拶をした。

藤右衛門は上背のある、堂々とした体つきをしていた。一方、奏太郎は色白で体つきもきゃしゃで、繊細な様子をしていた。受ける感じはおのおのだが、面差しはよく似ていた。

「おや、これは青海波じゃないか」

藤右衛門が床の間の軸に目を留めた。

それは緑と朱の装束をまとった二人の若者の勇壮な舞い姿だった。波の文様に千鳥(どり)が飛翔する姿を刺繍した袍(ほう)をまとい、太刀を提げた若者は羽ばたくように大きく両手を広げ、胸を張り、片足をあげている。その頬は紅に染まり、まっすぐ前を見つめている。曲名の青海波は穏やかな波がどこまでも続いている様子のこと。『未来永劫の平穏』という意味がある。

「お客様が雅楽に関わる方だとおうかがいいたしまして、選ばせていただきました」

梅乃が答えると、藤右衛門は目を輝かせて軸に見入った。

「気持ちのいい絵だ。青海波はね、楽曲もすばらしいが、舞がまたいいんです。ご覧になったことがありますか？　まだだったら、ぜひ一度、見てください。あなたも雅楽が好きになりますよ」

顔をほころばせた。

雅楽の歴史は奈良、平安時代、仏教とともに大陸から伝わった音楽や舞と、もともと日本にあった儀式音楽や舞踊が融合し、生まれたものだ。平安時代には宮中に楽所(がくしょ)が設けられ、宮中の祝いや寺社の祭りに奏でられた。

しかし、応仁(おうにん)の乱が起こると、雅楽を奏でる場はなくなり、代々伝えられた技も消えてしまいそうになった。それを案じた正親町(おおぎまち)天皇は四天王寺の楽人を、次の後(ご)陽成(ようぜい)天皇は奈良の楽人を京都に呼び寄せた。こうして、京都、南都、天王寺の三方の楽所が集う「三方楽所」が生まれた。

　南家はこの京都方の流れをくむ家である。

「長く宮中にもお仕えしていたのですが、本能寺の変の頃は都が荒れた。私の先祖は家を焼かれ、楽師である主を失い、ってをたどり駿河の方に移り住んだ。けれど、私たちは、源博雅（みなもとのひろまさ）の流れをくむ由緒ある楽家です。いつか、再び、楽師として南家を再興したい。そう願って、子々孫々、その技を伝えてきたんです」

　梅乃のいれた茶を飲みながら、藤右衛門は語った。源博雅というのは平安時代の人で、琵琶、笙、笛などすべてに通じていたという伝説の人だ。梅乃はこの父子を迎えるにあたり、物知りの縦助から雅楽についてあれこれと教わっていた。だから、源博雅の名も聞いていた。

　さて、長く帝に仕えていた三方楽所だが、徳川の世になり、江戸にも楽人が呼ばれ、楽所がつくられた。

「私たちはふだんは地元の神社や寺に雅楽を奉納しています。半年ほど前のことです、熱田神宮の祭礼にこの子を連れて行ったんです。大きな本式の雅楽を見せてやりたいと思いましてね。そこで、偶然、江戸の楽所の方と話をする機会がありました。私たちと同じく京都方の楽家の流れをくむ方で、一度、村においでくださいとお声をかけましたら、若いお弟子さんを連れて訪れてくださったんですよ。みんなで曲を奏で、舞って楽しいひとときを過ごしました」

三月ほど前、奏太郎に声がかかった。

江戸の楽所に欠員ができた。江戸に出て来る気持ちはないか。

「もう、それは、願ってもないお話ですからね。江戸の楽所といえば、お城に呼ばれ、将軍様(うえ)の前で演じることもあります。京の楽所と並ぶ最高の場所です。もう、この日を指折り数え、二人で江戸に来たわけですよ」

藤右衛門はうれしさを隠せない様子で語った。

「それは、おめでとうございます」

梅乃はもう一度、ていねいに頭を下げた。

「明後日、原家(はら)、これが私たちに声をかけてくださった江戸の楽所のお名前なんですがね、その家長の前で奏太郎が笙を奏でます。家長のお許しが出れば、正式にご推挙いただけるそうです」

もう、後一歩のところまで来ているのだ。

「明日一日、こちらで旅の疲れを癒し、満を持して、その日を迎えるためこちらの宿に来ました。どうぞ、よろしくお願いします」

藤右衛門はひどくまじめな顔で言った。奏太郎もていねいに頭を下げた。

梅乃は井戸端で洗い物をしながら、紅葉にその話をした。

「明後日、大先生の前で笙を奏でるんですって。先祖代々の夢がかなうかどうかの大一番なの。話を聞いたら、私も緊張してきちゃった」

「形だけなんだろ。もう、ほとんど、大丈夫なんだよ。よかったね。きっと、明後日は二人とも、うれしそうな顔で戻って来るよ」

紅葉はのんきに答えて、たすきの紐をふった。二匹の猫、しま吉とたまが待ってましたというように、じゃれかかる。もっと遊べというように、しま吉は紅葉の背中に飛びかかった。

「痛い、痛いよ。爪たてるんじゃないよ」

紅葉は洗い物をそっちのけにして、しま吉とたまの相手を始めた。

「もう、そんなことしてたら、いつまでたっても、洗い物が終わらないよ」

梅乃は文句を言いながら、紅葉の分も洗った。

そのとき、どこからか楽の音が聞こえてきた。

「きれいな音色だね。あれは笛？」

紅葉がたずねた。

はじめて聞く音色だった。高低のある音が重なりあって、ひとつの音色をつくっていた。それは、やわらかくふわふわとした風となって天に昇っていくような感じがした。

「もしかしたら、あれが笙の音色かもしれない」

梅乃は答えた。

二人で音のする方に歩いていくと、奏太郎が庭の隅の石に腰をおろして竹でできた笛のような楽器を奏でていた。

紅葉と梅乃はしばらくだまって、聞いていた。

気配に気づいて、奏太郎が振り返った。若葉の見え始めたもみじの木陰に腰をおろした奏太郎は、浮世絵から抜け出した若君のようだ。

「お邪魔をして申し訳ありません。あんまりきれいな音色だったので、思わず聞きほれてしまいました。それが、笙というものですか」

梅乃がたずねた。

「そうですよ。ご覧になりますか。どうぞ、こちらにいらしてください」

奏太郎は穏やかな笑顔を見せた。

「笙はね、ご覧のように十七本の細い竹の管でできているんです。翼を立てて休んでいる鳳凰のようだとも言われています」

二人の目の前に笙をおいた。

それは不思議な姿をしていた。長さの異なる細い竹の管は、頭(かしら)と呼ばれる部位に差し込まれている。頭の吸い口から息を吸ったり、吐いたりして音が出る。音の高さは竹の管に空いた小さな指穴を押さえることで調節するのだ。

「そうすると、これは、小さな笛が集まっているようなものなのか」

紅葉がたずねた。

「そういう考え方もありますね。雅楽では、篳篥(ひちりき)という縦笛が旋律を奏で、龍笛という横笛が彩りを与えます。笙は和音で背景をつくる。つまり、雅楽らしい味わいを出すのです」

「もう一度、吹いていただいていいですか」

梅乃が頼んだ。奏太郎は長く形のよい指で包むように笙を持ち、頭を口にあてた。長いまつげに囲まれた切れ長の目を少し細めて、息を吹き込んだ。

トゥー、ルー、トゥルルルルー。

涼やかな音が鳴り、それに別の音が加わり、透明な、心が洗われるような楽の音となって空に昇っていった。

「ああ、きれいだ。胸の中で天女が舞っているような気がする」

紅葉がうっとりとした目になった。

「笙の音色をはじめて耳にしました。これが、お客様の仕事なんですね。すばらしいです」

梅乃は目を輝かせた。

「そんなに褒められると、私は困ります」

奏太郎は恥ずかしそうな顔をして、手に持った笙を眺めた。

「この細い竹には金属の弁がついていて、それがふるえて音が鳴る仕組みになっています。大陸から笙が伝わってきたときは、十七本すべてに金属の弁がついていました。でも、日本の音楽にはなじまないので、二本の弁がはずされました。それが、『也（や）』と『毛（もう）』なんです」

この「や」と「もう」が転じて「やぼ」、つまり風流でない、無骨なという意味の「野暮」につながったという説がある。

「そんな意味があるんですか。はじめて聞きました」

梅乃は大きな声をあげた。

「いいことを聞いた。如月庵の下足番の樅助は一度見たこと、聞いたことを忘れない、すごい物知りなんだ。この話を知っているか、試してみたい」

紅葉は満面の笑みになる。

「そういう方ならきっとご存知ですよ。雅楽の世界では、よく言われますから。そうだ。もうひとつ、ありました。よく物事の本質を知ることを『コツをつかむ』というでしょう。外からは見えないけれど大切なものという意味で『骨』と書くそうです。もうひとつ、笙には『乞（こつ）』という音があって、その音を出すには左手の薬指を使うので、とても難しい。そこから生まれた言葉とも言われているんですよ」

梅乃と紅葉が驚いたり、感心したりするので、奏太郎は恥ずかしそうに頰を染めた。最初に顔を見たときは、どこか近寄りがたい気がしたが、こうして話をしてみると、人懐っこい感じがする。

「お客さんはこんな風に一日稽古をしているのか？　せっかく江戸に来たのに遊びに行ったりしないんだ」

紅葉がたずねた。

「鄙（ひな）の里の生まれ育ちですから、江戸のように人の多い所は苦手です」

奏太郎は困ったように答えた。

「お客さんのふるさとは、きれいな所なのでしょうね」

梅乃が言うと、奏太郎はうれしそうな顔になった。

「私たちの自慢は富士が見えることです。とっても大きく。村のどこにいても、富士山が見えます」

「それは、いいですねぇ」

梅乃が言った。

「それから、近くに大きな川があって、広々とした田んぼと畑があり、その先は山です。夏になると川で鮎が取れますし、田んぼではお米がたくさん稔ります。気候は穏やか、雪も多く降りません。裏の山に登ると、村の様子がよく見えます。川がきらきら光って、その先に海が広がっているんです」

「本当に、いい所なんだねぇ」と紅葉が声をあげた。

「そうなんですよ。本当に暮らしよくて。だから、人もやさしいんです」

にこにこと笑った。

梅乃が部屋に行くと、藤右衛門が窓辺に座って、奏太郎の笙の音に耳を傾けていた。

「心が洗われるような美しい音色ですね」

梅乃が声をかけると、藤右衛門は微笑んだ。

「それが笙というものなのですよ。奈良、平安の時代から連綿と続いてきた。幾たびもの戦を乗り越え、人々の手から手に受け継がれて来たんですよ。それだけの力がある。理由がある。感無量です」

「明後日が楽しみですね」

梅乃は夕餉の膳の支度をしながら言った。

「親ばかと思って聞いていただけますか。奏太郎は幼い頃から並外れた才を見せたんです。亡くなった私の父が驚いた。あれが三つか、四つの頃ですよ。私たちが稽古をしているでしょう。その脇で聞いていて覚えてしまう。歌ってごらんと言うと、最初から最後まで、ひとつの間違いもなく諳んじるんですよ」

五つの年には、自分で笙を持ちたいと言った。

音を出すのも難しいものなのに、習い始めたその日から曲を奏で、次々と難しい指使いも習得していった。

「奏太郎にとって笙は、最初の友達でした。いつもあの子の傍らにあり、音を出すことを楽しんでいた。それを見た父は、これは南家の血だ。その血が学ばせるのだと喜んだ。ですから、私たちは、ああしなさい、こうしなさいと口うるさく言ったことなど一度もないんですよ。奏太郎はただ無心に笙に親しんでいた。こんな風に、気持ちのむくままに奏でている。そのうちに、奏太郎の楽の音を楽しみにする人ができた。祭りや祝いの席で頼まれるようになったんです」

藤右衛門は静かに目を閉じ、耳を傾けている。曲が終わると、梅乃に語った。

「京を離れて時が流れておりますから、技という点では遅れていることもあるかと思います。いや、実際、奏太郎の技はまだまだなのです。そのことは、原家の方々の音を聞いたときに気づきました。けれどね、奏太郎の一番のよいところは、心から笙が好きなことなんだ。そのことが音に表れている。原家の方も、そのことを褒めてくださいました」

その日の夕餉は鰆の焼き物に豆腐の田楽、わかめの酢の物、はまぐりの汁にぬか漬け、ご飯だった。

「いや、これは見事だな。馳走だ」

藤右衛門は目を細めた。

旬の鰆は白醤油とみりんで味を含ませ、こんがりと遠火の強火で焼いている。豆腐の田楽はゆずの香りの味噌をのせ、四国から取り寄せた灰干しわかめの酢の物は目に染みるような鮮やかな緑色。すまし汁は三つ葉を吸い口に、大きな肉厚のはまぐりを使っている。

「お客様は都にゆかりの深い方ですから、京風の味付けにしたと板前が申しておりました」

「そうか。その心遣いが、うれしい」

箸を進める。だが、奏太郎はなかなか食が進まない。

「おい、どうした、奏太郎。もう、緊張しているのか。ちゃんと食べないと、力が出ないぞ」

「分かっております。ただ、少々旅の疲れが出たようで」

「そうか。そうだろうな。無理はしなくてもよい。さっきも、ずいぶん熱心に稽古をしていたようだが、少し休んでもいいんだぞ」

藤右衛門がやさしい声をかけた。

「はい」

奏太郎は言葉少なに答える。

「じい様は一日休むと本人に分かる、三日休むと師匠に分かる、五日休むと周囲に分かると言って稽古を一日たりとも休まなかった。だがな、私の考えは少し違う。難しい指使いがあって、十日、二十日、取り組んでもうまくいかない。そういうときは、いっそ、休むんだ。ほかの演目に取り組むのもいいし、譜を眺めているだけでもいい。そうして、五日ほど過ごして奏でてみる。案外、あっさりと弾けてしまう。そういうことが、よくあった」

「おっしゃることは分かります。その通りです。今さら、じたばたしても仕方がない。ふだんの力を出せばいいと、頭では分かっているのですが、気持ちが落ち着きません」

「お前はまじめだからな。だが、そう心配するな。いつも通りでよい。相手は原家の方々だ。お前の小細工などすぐに見抜いてしまう。裸にされてしまうぞ」

藤右衛門に言われて、奏太郎は肩をすぼめた。そして、父に分からないようにそっとため息をついた。

結局、奏太郎はほとんど膳に手をつけなかった。

お蕗が庭に出たのは、日が暮れてからだった。本当は日の高いうちに庭を回りたかった。だが、あれこれと忙しかったし、明るいときは自分の姿が目立つ。柏が見張っていたら、何をしているのか分かってしまう。

庭に出てから、しまったと思った。思ったより暗くて、あたりはぼんやりしている。これでは様子が分からない。戻りかけたら、草の鳴る音がした。

椿の木の方からだ。

柏か。柏に見つけられてしまったのか。

夢中で駆け寄ると、猫がいた。二匹の猫が椿の根元でじゃれあっている。一匹が後ろ足で立ち上がり、前足でたたく。もう一匹が応戦する。組み合ったと思ったら、ぱっと離れて一匹が椿の木に駆け上がり、もう一匹が追いかける。

戻ろうとしたら、がさっと音がした。

「だれだよ」

思わず声が出た。自分でも驚くほど、どすが利いていた。

「あ、なんだ、お蕗さんか。しま吉とたまと遊んでいたんだよ」

紅葉ののんきそうな声がした。

「あ、そうか。なら、いいんだ。だれか、怪しい人でもいるんじゃないかと思っちまった」

「なんでぇ。そんなわけないよぉ」

「そうか、そうだよね」

　笑ってごまかした。

「お蕗さん、やせたよね。すごい、やせた。影が細くなっているよ」

　紅葉が言った。

「う、うん、そうかな」

「この頃、ご飯もあんまり食べてないもんね」

「そんなこと、ないよ」

　ぎこちなく笑った。


　夜更け、仕事を終えた梅乃が中庭を眺めると、奏太郎の姿があった。月を眺めている。

「お客様、まだ、おやすみにならないのですか。そろそろ、こちらも戸締りをする時刻になります」

　梅乃は声をかけた。

「ああ、申し訳ない。眠れないものだから、つい。父はのんきに高いびきなんですが」

奏太郎は恥ずかしそうに答えた。

「無理もないかと思います。気持ちが高ぶっていらっしゃるんですね」

「今、部屋に戻ります」

そう言って二、三歩進み、ふと、思いついたように振り返った。

「この近くで医者をご存じありませんか。指を見てほしいのです。いえ、たいしたことはないのですよ。念のためです」

「医者でしたら、坂を上ったところに、宗庵という医師が開いている医院があります。私の姉もそこで働いていますし、如月庵も懇意にさせていただいています。町医者ですが、とても評判がよく、長崎帰りの若いお医者様もいらっしゃいます。そちらがよいかと思います。明日にでも、ご案内いたしましょうか」

「そうですね。お願いします。ただ、このことは、父には黙っていてください。心配すると思いますから。とくに、どうということはないのです。練習のしすぎなのか、力が入らないことがあるんですよ」

「分かりました。では、明日、朝餉が終わったら、すぐご案内いたします」

梅乃は答えた。

お蕗が仕事を終えて風呂に行ったら、桔梗がいた。体を洗っていると、桔梗が驚いたように言った。

「あんた、どうして、そんなにやせちまったんだよ。背中が小さくなっているよ」

「え、そうですか」

お蕗は自分の腕を見た。たしかに細くなっている。腹も薄い。立ち上がってびっくりした。足の間に隙間があった。お蕗は肉付きのいい女だ。若い頃はなかった肉が腹や背中についている。みんなといっしょに、同じものを食べているのにどうしてだろうと思っていた。

その肉が消えている。病み上がりのようにげっそりと。

「体の調子はどうだい。何か、心配ごとがあるんじゃないのかい」

「いえ、大丈夫です」

「遠慮しないで、相談しておくれよ。おかみさんにも、つなぐからさ」

桔梗が心配そうに言った。

翌朝、朝餉の膳は、焼きはまぐりと里芋の煮物、ひじきの酢の物、味噌汁とご飯だった。

「桑名（くわな）の焼きはまぐりが名物ですけれどね、私の家の方でもよく食べるんですよ。行商人が売りに来ましてね。もっとも、こんなに大きなものではないけれど」

藤右衛門は気持ちのよい食欲をみせ、奏太郎もその朝は少し食が進んだ。

「父上、今日は、一人で江戸の町を歩いてみたいのですが、よろしいでしょうか」

奏太郎がたずねた。

「ああ、もちろんだよ。これからお前が暮らすところだ。あちこち眺めておいで」

藤右衛門は快く許した。

朝餉の後、梅乃は奏太郎を宗庵の医院に案内した。いつものようにたくさんの患者が順番を待っている。梅乃は裏に回って姉を捜し、事情を話した。

「みなさん、朝から待っているのよ。困ったわねぇ」

お園は渋い顔をしたが、結局、桂次郎につないでくれた。

梅乃と奏太郎は桂次郎の診察室に向かった。四畳ほどの細長い部屋に桂次郎が待っていた。

「指に力が入らないとうかがいましたが、どのような状態ですか」

桂次郎がたずねた。

「左手の薬指が思うように動きません。私は笙を吹いておりますので、左手の薬指が動かないと大変に困るのです」

　奏太郎が答えた。

「それでは見せていただけますか」

　桂次郎が差し出した台の上に、奏太郎は左手をのせた。長い形のよい指を桂次郎が一本ずつ触れていく。

「痛みがあったらおっしゃってください。ここはどうですか。こちらは」

「大丈夫です。とくに、何も感じません」

　薬指まで来たときに、「あっつ」と奏太郎は声をあげた。

「痛みますか」

「はい。きりきりと刺すように」

「力は入りますか。曲げることはできますか」

　桂次郎の言葉に、奏太郎は悲し気に首を横に振った。

「ひと月ほど前から痛みがあったのです。でも、しばらくすると、痛みは消えました。そして、またぶり返す。そんなことを繰り返しているうちに痛みはだんだんひどくなって。昨日の夕方から、痛みがひどくなりました」

「なるほど。今朝はどうですか。指は動かせますか」

桂次郎に言われて、奏太郎は不器用に指を動かした。小指を曲げると、つられるように薬指も曲がる。だが、大きくは動かないようだ。

梅乃は二人のやり取りを少し離れたところから聞いていた。昨日、あんなにきれいな曲を奏でていたのに。

「おそらく、指の使いすぎです。少し休ませるしかないですね」

「でも、明日、私は笙を吹かなくてはなりません。笙には左手の薬指を使って出す音があるんです。痛みは我慢することができますが、指が動かないのは困ります。そこだけはなんとか、ならないでしょうか。明日、一日だけでよいのです」

「少し温めてみましょうか。それから少し動かしてみましょう」

桂次郎が言うと、お園が湯を入れた桶を持って来た。

「手をお湯につけて、指が温まってきたら、ゆっくり握ったり、開いたりしてみてください。梅乃、あなたもやり方を覚えてね」

お園が言った。

「あ、少し動いてきた」

奏太郎が明るい声をあげた。けれど、それは前よりもよくなったということで、細かな動きは難しかった。桂次郎は湿布を処方した。

「明日までに治るでしょうか」

　奏太郎は心配そうにたずねた。

「それはお約束できません。長い時間をかけて今の状態になりました。治るのにも、時間がかかります。くれぐれも無理はなさらないでください。脅かすようですが、本当に動かなくなる方もあるのです」

　桂次郎は難しい顔で答えた。


　宗庵の医院を出ると、奏太郎は湿布をした手を何度も眺めた。

「明日一日、演奏のときだけでも動いてくれたらなぁ」

「そうですね。なんとか、その時間だけでも思うように指が使えるといいですね」

　梅乃は言った。

「楽所の家長は私の技量を確かめたいのです。前にもお話をしたでしょう。笙は『乞』の音が大事なんです。その音が出せなかったら、一人前とは言えません」

　奏太郎は背中を丸め、歩き出した。

「お父上には、このことを相談されないんですか」

「できませんよ、そんなこと。父のがっかりする顔を見たくないんです。あなたも黙っていてください」

「でも……」

乞の音が出せなくて、明日の演奏がうまくいかなかったら……。

「せっかく、ここまで来たのに。私の出世は私だけのものではない。南家の願いだ。私の使命だ。どうしても、やり遂げなくてはいけないことなのに」

奏太郎は右のこぶしで何度も自分の胸をたたいた。

「そんな風に、ご自分を責めないでください」

梅乃は言った。

「どこかに、私の願いをかなえてくれる神社か寺はないですか。もう、こうなったら、神仏に頼るほかはない」

言われて梅乃は思い出した。願いをかなえてくれるかどうかは分からないが、悩みを軽くしてくれる力がある。

「もし、よかったら、知り合いのご住職のいるお寺に行きませんか。谷中なので少し歩きますけれど、ご住職は落語が得意なんです。笑うと気持ちが晴れますよ。もしかしたら、いい案が浮かぶかもしれません」

奏太郎はしばらく考えていたが、うなずいた。

「そうですね。どっちにしろ、今日は稽古はできない。江戸見物と言って出て来たのだから、落語でも聞きましょうか」

梅乃は奏太郎を案内して九品寺(くほんじ)に向かった。坂を下って上野広小路に出て、不忍池を右に見ながら進む。根津権現(ねづごんげん)まで来たら、そこからは急な坂だ。入り組んで、細くなったり、太くなったりする坂を上っていく。

坂の途中で、手の平ぐらいの大きさに富士山が見えた。

「かわいらしい富士山だなぁ。私の故郷で見る富士山はこの何倍も大きいんだ」

そう言いながら奏太郎は立ち止まり、しばらく富士を眺めていた。空はよく晴れていて、富士山は青く見えた。

「青山(せいざん)ですね」

奏太郎はつぶやいた。

そこからまたしばらく歩いて、言った。

「江戸の富士はきれいだけど、なんだか遠くて淋しいな」

「やっぱり、お国の富士山が一番ですか」

「もちろんですよ。子供の頃から親しんでいますから。村の者たちは、みんな富士山に見守られているって思っているんです」

九品寺に着くと、大きな石の門柱を過ぎ、石畳を歩いて本堂に向かう。すでにたくさんの人が集まっていた。

「なんだか、お祭りのようですね。みなさん、ご住職の落語を聞きに集まったのですか」

「そうなんですよ。楽しみにして来ているんです。ここに来ている人たちは、みんなご住職のご贔屓なんです」

本堂は二十畳ほどもあり、内陣には大きな金色の仏様がいらっしゃる。脇にはいくつも厨子があり、天井には五彩に彩られた鳳凰や蓮の花が描かれていた。

しかし、経机や鉦や木魚は見当たらず、その代わりに、一段高くなって座布団が敷いてある。これが、高座のつもりなのだ。

板の間の外陣（げじん）には座布団が敷かれていて、すでに半分ほど人が入っていた。年齢はさまざまで年寄りもいれば、赤ん坊を抱いた若い母親もいる。小さな子供が走り回り、なにやら真剣な顔で話し込む女たちがいて、もぐもぐと饅頭を食べている者もいる。

「ふるさとのお祭りで、父たちとともに雅楽を奏でます。みんな、朝から楽しみにしてやって来る。ちょうど、こんな感じなんです。田舎のことだから、野良着のまま来る人もいるし、赤ちゃんをおぶっているお母さんもいる。お菓子を食べたり、お酒を飲んだりね。江戸の楽所の人たちがいらしたときは、その様子を見て驚いていましたよ。もとは宮中で演じられていたものだから、本来は荘厳なものだそうですよ」

奏太郎が端正な顔をほころばせた。

「あんた、見慣れない顔だけど、ここに来るのははじめてかい？」

隣に座った女が声をかけてきた。

「ええ。まあ、そうです」

奏太郎が答える。

「じゃあ、楽しんでいきな。笑うのも供養だって、住職がいつも言っているから」

そう言って、梅乃と奏太郎に飴をくれた。

やがて次々に人が入って来て満席になった。

出囃子にのって、つるりと頭の禿げた、ころりと丸い体の男が出て来た。これが住職である。その姿を見ただけで、みんな笑った。

「えー。毎度ばかばかしいお話を一席させていただきます」

また笑う。

何か一言しゃべるたびに笑う。みんなが笑うものだから、なんだか、梅乃も楽しくなってきた。奏太郎もいつの間にか笑顔になっていた。

この日の話は、お馴染みの饅頭怖いだった。

暇を持て余した者が集まり、何が怖いかとしゃべっていた。中に一人、「怖いものなぞない」と言い張る男がいた。

そんなはずはない。怖いもののひとつくらいあるだろうと、問い詰められて男が答える。

「俺は本当はねぇ、情けねぇ人間なんだ。みんなが好きな饅頭が怖くて、見ただけで心の臓が震えだすんだよ。だから、饅頭屋の前を通るときなんか足がすくんでしまって歩けなくなるから、どんなに遠回りでもそこを避けて歩いているんだよ。あぁ、こうやって饅頭のことを思い出したら、もうだめだ、立っていられねぇ。そこへ寝かしておくれよ」

高座の住職は大きな体を縮めて、情けない声をあげ、ぶるぶると震えてみせる。

あちこちからくすくす笑いが聞こえてきた。歯の抜けた年寄りも、赤ん坊を抱いたおかみさんも、その腕の中の赤ん坊も笑っている。

隣を見ると、奏太郎の頬がゆるんでいる。

もっと男を怖がらせてやろうと、金を出し合って饅頭を買って来て、寝ている男の部屋に投げ込む。ところが、話は妙な具合になって来る。

「おい、大変だ。野郎泣きながら、饅頭を食ってるぜ！　饅頭怖いってのは嘘じゃないかい」

「なんだ、なんだ。どういうことだ」

騙されたと気づいた者たちが騒ぎ出す。その場面を住職は思いっきり派手に、ばかばかしく語る。

もう、みんな大笑いである。

ワハハ、アハハという声が本堂に響く。

梅乃もつられて笑った。奏太郎もいっしょに笑っている。

いつものことながら住職の落語は、あまりうまくない。素人芸である。時々つっかえるし、急に黙る。もしかしたら、言葉が出なくなったのではないか、忘れてしまったのではないかと、こちらの方が心配になる。

だから、軽やかに、楽しそうにしゃべっているときはほっとする。

そして、なぜだかとても楽しくなって、みんなといっしょに声をあげて笑うことになる。

落語が終わって法話になった。

墨染の衣に着替えた住職が出て来て仏様のことを語り始めた。

「もう、飽きた。つまんないよぉ」

客席から子供の正直な声があがった。みんなが笑う。

「そうだねぇ。悪かったねぇ。じゃあ、もう、おしまいにしようか。世の中に怖いものなんか、ありません。勝手にみんなが怖がっているだけです。はい、おしまい」

それで、法話は終わってしまった。

法話が終わると、みんなはぞろぞろと出て行った。梅乃と奏太郎は形だけでもと、ご本尊に手を合わせてから外に出た。

「少しは気分が晴れましたでしょうか」

梅乃は心配になって奏太郎にたずねた。

「ええ。少しの間ですが、悩みを忘れることができました。面白いお寺でした」

奏太郎は答えた。

「それならよかったです。落語は上手じゃないですけど、それが味ですから」

梅乃が言うと、大きな声がかぶさった。

「落語は上手じゃない、かぁ。言ってくれるねぇ」

驚いて振り返ると、住職がいた。

「あ、すみません。えっと、これは、みなさんが言っていることで……」

「余計、傷つくよ。今日は、お客様を連れてきてくれたんだろ。気がついていたよ。みんな笑っていたのに、一人だけ、思いつめたような顔をしていたから」

住職はちらりと奏太郎の顔を見た。

「そんなに、暗い顔をしていましたか」

奏太郎がたずねた。

「そうだなぁ。今にも大川に身投げしそうだった」

「やめてください。そういう悪い冗談は」

あわてて梅乃は住職をたしなめた。

「すまん、すまん。つい、まだ、落語家の気分が残っている。時々、急に暗い顔になったから気になっただけさ。気に入ったら、またおいで。明日は上野の寄席にいるから。わしの師匠の権太楼(ごんたろう)っていう落語家が噺をするんだ。そっちは、『上手だよ』」

梅乃の顔を見て、ちくりと嫌味を言う。

「じゃあな。このあたりは、坂が多いから気をつけてくれよ。知っているかい、人生には三つの坂があるんだ。上り坂、下り坂。あとひとつは……」

思わせぶりに梅乃と奏太郎の顔を見た。

「『まさか』だ。まさかは、だれにでも起こる。大きいか、小さいかの違いはあるけど」

ははと笑って行ってしまった。相変わらず人を食った住職である。

「少しは、お役に立ったんでしょうか」

「もちろんですよ。まさしく、まさか、だったなぁ」

奏太郎は不器用に指を動かしてため息をつき、藤右衛門に知られてはいけないと、湿布をはずした。

ガチャンと音がして、足元に器が落ちた。

「すみません。ちょっと手がすべって」

お蕗は謝った。

「どうした。お蕗さん。どっか悪いのか」

杉次がたずねた。

「いや、そういうわけじゃないんですけど」

「気をつけな。厄年は過ぎたか」

「三十七だから今年が本厄ですよ」

「それは、気をつけたほうがいい。体が変わるときなんだ。若いつもりでもさ、今までのようにはいかないんだよ」

にやりと笑って杉次が言った。

「あい、すみません。気をつけます」

お蕗は答えた。

この頃、お蕗はいつも頭が痛い。ちゃんと寝ていないからだ。柏が夜中に寝床を抜けてどこかに行く。そのことに気づいてから、眠りが浅くなった。以前は、枕に頭をつけたら朝まで一度も起きずに眠っていたのに、今は隣の柏の動きを探らなくてはならない。

柏はいつ出ていくのか分からない。

一晩中うつらうつらして、夜明け近くのわずかな時間、眠りにつく。

柏の動きに気づけば、そっと後をつける。だが、いつも途中で見失ってしまう。

そんなことがずっと続いている。

頭痛のせいか、疲れのためか、いつもいらいら、びくびくしている。気持ちが休まるときがない。

如月庵に戻ると、夕餉の時間だった。

二人が次々と風呂に行っている間に、梅乃は食事の支度を整える。

風呂上がりの奏太郎はさっぱりとした様子をしていた。

金目鯛の煮つけを食べながら、藤右衛門がたずねた。

「今日は、どこに行って来たんだい」

「部屋係さんの案内で谷中の寺に行きました。面白い住職で落語を聞かせるんですよ」

「ほう、そりゃあ、楽しそうだ」

「ええ、本堂はお客さんでいっぱいになりました。住職は饅頭怖いを話しました」

小松菜とかまぼこの和え物に箸をのばしながら、奏太郎は答える。

「江戸は落語が人気ですからねぇ。私もいっしょに行きたかったな」

「今度、ごいっしょしましょう。久しぶりにゆっくり一日休んだ気持ちになりました」

「それはよかった。いよいよ、明日だからな」

「そうですね。いよいよですね」

二人はそんなことを言い合った。

静かな夜だった。空には三日月が浮かんでいた。

2

早朝、いつものように梅乃と紅葉は表の通りに出て掃除をした。晴吾と源太郎が坂道を上って来る。

「おはようございます。いいお天気ですね」

「気持ちのいい朝です。紅葉さんと梅乃さん、今日もご精が出ますね」

「はい、仕事ですから。お二人ともお気をつけて」

「朝稽古、頑張ってくださいね」

「ありがとうございます」

そんな挨拶を交わして見送った。

そのとき、ふらりと奏太郎がやって来た。

「まぁ、お早いですねぇ」

梅乃が声をかけた。

「やっぱり気張っているんでしょうね、朝早く目が覚めてしまいました。湯島天神にお参りしてきます。雅楽を奉納することもあると聞きましたから、力になってくれるかもしれません」

「きっと大きな後押しがありますよ」

奏太郎は左手をかばうように胸にあてていた。本当に薬指は動かなくなってしまったのかもしれない。梅乃は心配だったが、指のことは聞けなかった。


だが、朝餉の時刻になっても奏太郎は戻ってこなかった。

「そのうち、帰って来るでしょう」

そう言って穏やかな様子を見せていた藤右衛門だったが、だんだんと表情が険しくなった。池之端にある原家をたずねるのは昼である。近くだから歩いてもすぐだが、その前に衣服を整えなければならない。

巳の刻（十時頃）になったが、奏太郎は戻らない。

「申し訳ありません。お客様をお見かけしたときに、もっときちんとお声がけをすべきでした」

梅乃は手をついて謝った。

「いやいや、部屋係さんのせいではないですよ。どこかで寄り道でもしているのでしょう。心配はありません」

　そう答える藤右衛門の膝がいらだったように揺れている。

「でも……、あの……、じつは、ひとつ申し上げなければならないことがあります。奏太郎さんに黙っていてほしいと言われたのですが、昨日、医者に行きました。左の薬指が動かないから診てもらいたいと」

　藤右衛門の目が大きく見開かれた。

「指が。左手の薬指がですか」

「触れると痛くて、力が入らないそうです。なんとか、今日に間に合うようにと先生にお願いし、湿布をしてもらいました。でも、先生の診断では、長い時間をかけてその状態になったものだから、治るのにも時が かかると」

「どうして、あれは、……その……指のことを私に黙っていたのでしょうか」

「お父様のがっかりする顔を見たくないからと。自分の出世は自分だけのものではない。南家の願い、自分の使命、どうしても、やり遂げなくてはいけないことなんだとも」

　低いつぶやきが、藤右衛門からもれた。

「そんな風に思いつめることはないのに」

藤右衛門はふらふらと立ち上がると、奏太郎の荷をあらためた。

「笙がない。あの子は笙を持って行った。ここに、戻るつもりがないのかもしれない」

「申し訳ありません。おかみにこのことを伝えます。みんなで手分けして、奏太郎さんの行方を捜します」

梅乃は立ち上がった。


お松の部屋に行くと、縦助と桔梗、杉次も集まっていた。

「もう一度、昨日のことを最初から話しておくれ」

お松に請われて、梅乃は宗庵の医院に行ったこと、谷中の寺で落語を聞いたことを話した。

「演目は饅頭怖いだったんだね」

桔梗が念を押す。

「はい。その後ご住職に会ったら、人生には三つの坂があるとおっしゃいました。上り坂、下り坂、まさかだと。奏太郎さんはまったくその通りだと言っていました」

「ほかには、何か、気づいたことはなかったかい。何でもいい、小さなことでも教えておくれ」

梅乃は首を傾げた。

「そういえば、坂の途中で富士山が見えました。お国の富士山はもっと大きいとおっしゃられて……、富士が青く見えたせいでしょうか、青山ですねと」

縦助が、はっとしたように顔をあげた。

「『青山ですね』と、そう言ったんだな」

繰り返す。お松も桔梗も厳しい顔になった。

「それが……、何か……」

「青山とは墓のことだよ」

縦助が説明した。

「あの……、ご住職にも言われたんです。身投げしそうな顔をしていたと。でも、落語を聞いた後は明るさが戻って、夕餉の膳でもお父様とおしゃべりをしていらしたので」

言いながら梅乃は改めて事の重大さに気づいて体が震えてきた。

「分かった。もう、いいよ。梅乃はよくやってくれた。お客さんが姿を消したのは、お前のせいじゃない。自分で決めたことだ」

お松が慰める。

「では、少し、心当たりを捜してみましょうか。土地勘がない人だから、そう遠くへは行っていないでしょう。宿のまわりをあたってみます」

杉次が立ち上がり、桔梗が続く。

「縦助は、どこだと思う？」

お松が縦助にたずねた。

「少し考えてみます」

縦助は答えた。

3

縦助は玄関脇の自分の場所に座った。

「しかし、やみくもに捜し回ってもな」

縦助が腕を組んだ。

「笙の稽古に夢中になって時を忘れているということはありませんか」

何かにすがりたい気持ちで梅乃はたずねた。

「それは、どうかな。笙は吹く前に音を出す金（かね）の板を温めるものなんだ。そうしないと、いい音が出ない。いくら稽古に夢中になっても、そういうことは忘れないもんだよ」

二人は考え込んだ。

「しかし、奏太郎さんは何を悩んでいるのかな」

縱助がたずねた。

「やっぱり、満足な演奏ができないことを心配しているのでしょうか」

「本当に指は動かないんだろうか」

ふと、思いついたように縱助がつぶやいた。

「嘘を言っているようには見えませんでした」

「しかし、窮すると人は思いがけない動きをするものなんだ。痛みというのは本人にしか分からない。指が動くかどうかもだ。父上は笙の師匠でもあるんだろ。それなのに、音の違いに気づかないのはおかしいじゃないか」

笙を吹くときの奏太郎のおだやかな顔が浮かんだ。

「そういうことで嘘をつく人だと、私は思いません」

思わず強い言い方になった。

「意地悪な言い方だったな。申し訳ない。たとえばね、心と体がばらばらになるということもあるんだよ。こうしなければいけない、こうすべきだと心では思う。だけど、体が悲鳴をあげる。無理です、無理ですって」

それが、指の痛みになったのか。

「あるいはね、心が二つに割れていて、それが、体に表れることもある。たとえば、本当は楽所に入りたくない、江戸に来たくない、ふるさとを離れたくない……」

楽所の一員となることは名誉であり、一家の長年の夢でもあった。それが重たかったのか。

「楽所に入ればいいというものではない。むしろ、入ってからが本当の修業だ。頭角を現して、南家ここにありと言わしめたいだろう」

その期待が大きければ大きいほど、重くなる。

「もしかしたら、入ってからのことを心配していたのでしょうか。お父様がおっしゃっていました。南家は京を離れて長いので、技では遅れているかもしれないと」

「なるほどな」

「でも、こうもおっしゃっていたんですよ。奏太郎さんの一番のよいところは、心から笙が好きで、そのことが音に表れていると」

「よし、分かった。もう一度谷中の寺に行ってみよう。奏太郎さんは楽しそうに落語を語る、型破りな住職に会いに行っているかもしれない」

縦助が腰を浮かせた。

「ご住職は今日、落語の師匠の権太楼さんの噺を聞きに上野に来てます。私たちも誘われました」

「権太楼さんっていうのは、松葉屋（まつばや）か。そんなら、双葉亭か、白鳥亭だな」

落語や講談は大人気で、寄席も町内に一つはあるというほど数が多い。こういうときに役に立つのが縦助の物覚えの良さで、すぐに見当をつけた。

縦助が足を速め、梅乃はその後ろをついていく。縦助は不忍池のほとり、居酒屋や料理屋の並ぶ界隈に向かった。路地を曲がり、進んでいくと、双葉亭ののぼりが見えた。

「おや、縦助さん、いつもお世話になっておりやす」

顔見知りの客引きが声をかけてきた。縦助はこの寄席に何度もお客を案内しているのだ。

「今日は、権太楼さんの席はあるのかい」

出演するかということだ。

「もちろん。トリですよ。権太楼さんなら楽屋にいますよ」

「ちょっと人を捜しているんだ。中を見せてもらうよ」

断って中に入った。

早い時間で、前座が噺をしていた。どこかで聞いた話だと思ったら饅頭怖いである。聞いている方が眠くなるような間の抜けたしゃべり方である。

「昨日はご住職の饅頭怖いを聞きました。上手とは言えないけれど、心に響くんですよ」

「そりゃあ、ありがたいお褒めの言葉だねぇ」

太い声がして振り返ると、粋な着流し姿の住職がいた。

「あ、ご住職」

「残念。今は、噺家の松葉屋茗荷(みょうが)。師匠の噺を聞きに来てくれたのかい。うれしいねぇ。昨日のお連れさんも来ているよ」

「奏太郎さんですか」

梅乃は思わず声をあげた。

「うん。道の真ん中でぼんやりしている人がいて、見たら知っている顔だった。掏りにでもあっちゃいけないと、連れてきた」

楽屋に行くと、奥の方にころりと丸い権太楼の姿があり、少し離れて奏太郎が体を縮めて座っていた。

「何か知らねぇけど、あんた、騒ぎになっているらしいよ。宿の人が迎えに来た。帰った方がいいんじゃねぇのか」

住職が声をかけた。

奏太郎はうなだれて答えない。

権太楼の脇には酒器がある。どうやら、昼酒をたしなんでいたらしい。

「大事な人の前で、笛だかなんだか吹かなくちゃならねぇって言うから、景気づけに一杯どうだって言ったら、それはできねぇって言うんだよ。困っちまった」

「お父様が心配していらっしゃいます。一度、宿に戻りませんか」

梅乃が声をかけた。

「指が動かないんです。昨日は、まだ痛みがあったんです。でも、今日は触っても何の感覚もない。まるで他人の指に触れているようなんだ」

奏太郎の目が赤かった。その目は嘘を言っているようには見えなかった。

「このままでは笙が吹けない。せっかく、ここまで来たのに。原家の方の前で笙を吹かなくちゃならないのに。父も母もがっかりする。恥をかかされたと怒るでしょう。私は腹を切ってお詫びをしなくてはならない」

「ああ、そんな風にね、思いつめちまったら、もう、おしまい。話にも何にもなんねぇ。息子に腹を切られてうれしい親なんかいねぇからさ。一度、親父さんのところに行きな。それで、じっくり話をしてさ」

権太楼の言葉を、奏太郎がいらだったように遮った。

「でも、もう、その時がないです。約束の刻限は昼です。衣服を整え、向かわなくてはなりません」

帰りたいのに帰れない。奏太郎の言っていることはめちゃくちゃで、自分でもそのことに気づかない。

「ああ、そうかい」

さじを投げたという顔になり、権太楼は手酌で飲んだ。

奏太郎はうつむいて何もしゃべらない。

権太楼はするり、するりと酒を飲む。

梅乃も樅助も、茗荷こと住職も黙っている。

高座からは前座の饅頭怖いが聞こえてきた。

――怖いーっ、怖いよぉっ、なんだ、こりゃ、唐(とう)饅頭、なんて怖いんだぁっ。もぐもぐ。中は黒餡だぁっ。もぐもぐ。おれは粒餡よりはこし餡の方が怖いーっ。むしゃもぐ。

――な、なんだよ、その「むしゃもぐ」ってのは……。ああっ、見てみろよ、一杯食っちゃった。

――食ったんじゃない、食われたんだ。あいつ、饅頭食ってるよ。

しばらく弟子の噺に耳を傾けていた権太楼がひとり語りのように言った。

「あんたは、頭がいいんだな。利口なんだ。俺はさ、頭のいいやつは弟子にとらないことにしてんだ。何でも、先回りして自分の頭で考えようとするから。そういう奴は、自分のことでいっぱい、いっぱいになって、まわりが見えなくなる。この人たちは、あんたが泊まっている宿の人だろ。あちこち捜し回って、わずかな手掛かりを見つけてここにたどり着いたんだ。もっと、たくさんの人が、あんたのことを心配してくれてるんだよ。なんで、そういうことに気がつかないかなぁ」

奏太郎は、はっとしたように顔をあげた。

「ともかく帰んな。帰ってくれ。俺からも頼む。そうでないと、宿の人は仕事にならんねぇよ。あんただけが客じゃねぇんだから」

「も、申し訳ありません」

奏太郎は謝った。


如月庵に戻ると、桔梗が笑顔で駆け寄って来た。

「よく、戻って来てくださいました。部屋でお父様がお待ちですよ」

奏太郎の後を、茶の支度をした梅乃がついていく。

襖を開けると、藤右衛門が座っていた。

「よかった。心配していたんだよ。指のことは部屋係さんから聞いたよ」

藤右衛門が言葉をかけた。

「申し訳ありません」

奏太郎は手をついて頭を下げた。

「温かいお茶がございます。いかがですか」

梅乃は二人に茶を勧めた。藤右衛門はゆったりとした様子で茶を一口飲むと、穏やかな声でたずねた。

「さあ、どうするかねぇ。原様は私たちを待っていると思うよ。私一人で出向いて、事情を話して来てもいいけれどもね。それは、お前次第だ」

「いえ。まいります。私の口から事情を説明させていただきます」

奏太郎は顔をあげた。口調ははっきりとしていたが、顔は紙のように白い。握りこぶしを膝において座っている体がぶるぶると震えていた。

「指は動くのか。力が入るのか」

「いえ。それは、まだ……」

藤右衛門は悲し気な様子で、奏太郎の指を眺めた。

「ひとつ、聞いておきたいことがある。お前の本心はどうなんだ。楽所に入りたいのか。どうなのか。南家のことは、とりあえずおいておけ。お前自身の気持ちを聞いているんだ。楽所に入るのはお前なんだ」

「それは、もちろん……入りたいと思っております」

「本当か。心の底から、そう思えるのか。お前の一番の取り柄は、笙が心から好きだということなんだよ。お前が笙を大切に思っているから、笙もお前を大切にしてくれるんだ。原家の方も言われたんだ。腕前はまだ青い。これから、稽古を重ねていかなくてはならないだろう。しかし、奏太郎さんの笙には『何か』がある。それは稽古で身につくものではないと。けれど、お前が今のような気持ちでいたら、その『何か』は消えてしまうよ。笙はお前の友ではなかったのか」

奏太郎の膝においた握りこぶしに、ぽつりと涙が落ちた。

「怖かったのか」

藤右衛門がたずねた。

奏太郎は黙っている。

「本物の楽所の力と技に圧倒されたか。たしかにそうだな。私も原家の方がいらして、合奏したときに思い知らされた。京都方の流れをくむと言っても、しょせん、私たちは鄙の雅楽だ。比べ物にはならない。それに、あちらの装束も手にする琵琶や楽箏（がくそう）も、何もかもすばらしいものだった。さすがに、御前に出る方たちは違うと思った。お前が恐れをなすのも無理もない。でも、私は、そういう場にお前をおきたいと思ったし、お前もそれを願っていると思っていたんだよ」

また、沈黙があった。

「違います。そうではないんです」

奏太郎が絞り出すような声で答えた。

「どう違うんだ」

藤右衛門が静かにたずねた。梅乃は気配を消して、部屋の隅に座っていた。

「熱田神宮で見た雅楽はすばらしいものでした。おじい様や父上から聞いていたものよりもさらにすばらしく、心を奪われました。その後、原様の若いお弟子さんたちと合奏したときには、自分の力のなさに気づきました。そんな私が、江戸の楽所に加われるかもしれないとうかがったときは、うれしくて、天にも昇る気持ちになりました。けれど……」

奏太郎は言い淀んだ。

「けれど、何だ。いいから、言ってみなさい」

藤右衛門がうながす。

「笙が、私の笙が違うと言っているような気がしたんです。自分はそんな大きな晴れがましい場に出たいのではない。ふるさとの神社や寺や婚礼や、そういうみんなの……、近所の……、昔からよく知っている人たちのいる場所で奏でたいと。最初、私は気づきませんでした。楽所に行くことが、父上やみんなの願いでもあり、私の幸せだと信じていました。でも、その頃から、少しずつ痛みが出てきました」

江戸に来る日が近づくにつれ、痛みはひどくなり、指の動きは悪くなった。

お前が行くのは、そちらの道ではない。

間違えるな、見誤るな、そう言われているような気がした。

「こちらの宿に来ると、不思議なことに少し痛みが治まりました。庭で笙を吹くと、以前のような楽しい気持ちになりました。でも、楽所のことを考えるとまた痛みが出ます。そんな折、部屋係さんの案内で寺に行きました」

自分のことが話題に上って、梅乃ははっとした。

「ご住職の落語を聞きに、たくさんの人が集まっていました。みんな、ご住職がご贔屓で、気持ちよく笑います。その中に加わっているうち、不思議なことにまた、私の指は動くようになりました。そうして、以前の、ふるさとで笙を吹いているときのような楽しい、温かい気持ちになりました。私は気づいたんです。私が求めていたのは、熱田神宮で見たような、きらきらとした、まぶしいものではないんです。もっと温かくて、やさしくて、暮らしの中にある、そういうものだったんです。おじい様や父上がなさってきた、そういう雅楽の喜びを私もつないでいきたいのです」

藤右衛門は驚いたような顔をし、やがて何度もうなずきながら、奏太郎の言葉に耳を傾けていた。

奏太郎が話を終えると、藤右衛門はじっと何かを考えていた。

長い沈黙があった。

やがて、藤右衛門は、つと顔をあげると言った。

「そうか。お前はそう思ってくれていたのか。半分残念だが、半分はうれしい。私たちの日々を認めてくれたわけだからな。そうだな。御前で奏でると言われて、私も少々舞い上がってしまった。けれど、本音を言えば、今の南家のあり方も嫌いではない。いや、むしろ、いいものだと思っている。そうだ、そうだ。大きな富士に見守られながら笙を奏で、龍笛を鳴らすのは、あの村でなければできないからな。分かったよ。お前の気持ちがそうならば、これから二人で原様のところに行こう。私もいっしょに謝るから」

そっと奏太郎の肩に手をおいた。その顔は少し誇らしげに見えた。

翌朝、藤右衛門と奏太郎は晴れやかな様子で如月庵を発った。

「機会がありましたら、私たちの村にもぜひ、お運びください。何もないところですが、美しい富士が見られます」という言葉を残して。

後日、ていねいな礼状が届いた。奏太郎の指の痛みは消えて、以前と同じように動くようになった。村の祭礼や婚礼に雅楽を奏でているという。

エピローグ

お蕗が目覚めると、隣に柏の姿がなかった。あわてて起き、綿入れをひっかけて部屋を出た。足音をしのばせて廊下を進む。井戸端に続く戸のかんぬきがはずれている。だれかが外に出たらしい。

柏だ。

そう思った途端、頭に血が上った。

今夜こそ、つかまえてやる。

お蕗ははだしで外に出た。耳をすますと、かすかな音が聞こえた。

中庭の方からだ。

お蕗は走った。木戸を開けて中庭に入ると、椿の木が見えた。その陰に黒い人影が見えた。

人影が動いている。土を掘っているのだ。

あいつが、あの女が、私の壺を盗もうとしている。

お蕗は足音をしのばせて近づいた。

だが、だれもいなかった。人影と思ったのは、後ろの藪がそう見えていただけだ。見上げると細い月が出ていた。風で枝が揺れて花の匂いを運んで来た。もしかしたら、もう、壺は盗まれてしまったのかもしれない。

まさか。そんなことはあるはずがない。

お蕗の鼓動が速くなった。

地面に触れると、やわらかな土の感触があった。土の匂いがした。膝をついて素手で地面を掘った。だが、どんなに掘っても、指が壺に触れない。おかしい。そんなはずはない。もっと、深く掘った。小石が指にあたった。木の枝に触れた。だが、壺に行きあたらない。暗くて地面が見えない。

木の枝を探して、それで地面をついた。突き崩した土を手ですくって外に出す。

穴は次第に大きくなる。

だが、壺にあたらない。

おかしい。そんな深くに埋めたはずはない。たしかに、ここだ。ここのはずだ。

心の臓がばくばくと鳴った。体が震えてきた。

「いつまで、そんなことをやっているんだよ」

声がして顔をあげると、藪の陰から柏が姿を現した。腕には壺を抱えている。

「あんたの探しているのはこれだろ」

「その壺はあたしのだ。あたしのもんだ。返してくれよ」

お蕗は立ち上がり、柏に追いすがろうとした。柏はひらりと体を躱したので、お蕗は地面に転がった。また、立ち上がって追いかける。後一歩で手が届くところまで追いつくのだが、柏はするりと逃げてしまう。転び、立ち上がり、追いかける。

中庭を出て裏の道を抜け、後ろの竹藪のあたりまで来た。

お蕗は疲れ果て、地面に座り込んでしまった。

「あんたは、何者だよ。最初から、あたしの金を狙っていたのかい。そのために、ここにやって来たのか」

肩で息をしながらお蕗がたずねた。

「まさか。そんなわけないよ。行き場をなくして、あそこで倒れていたんだ。でも、あんたのことは、ここで働き始めてすぐに気がついた。昔、あんたと同じ目をしていた女を知っていた。その女は水瓶の中に金を隠していた」

「あんたはその金を……盗んだのかい」

柏は鼻で笑った。

「同じことだよ。その女は火事で死んだんだから。身内もいないし、結局、だれかのものになる金だったんだ」

そうか。柏も自分と同じことをしたのか。だから、最初から気になったんだ。お蕗は唇を噛んだ。

「じゃあ、あんたは金持ちだ。今もその金はどこかにあるのか」

「ないよ。男がみんな使っちまった。金がなくなると、あたしを捨てた。ばかみたいだね。それで生きているのが嫌になって、暗闇坂の祠の脇にいた。いっそ、このまま死ねたらいいと思ってたんだよ」

柏は壺を抱いたまま、お蕗から少し離れた場所の石に腰をおろした。

夜が白々と明けて来て、鳥が騒ぎ出した。柏の顔がはっきりと見えた。

卑しい顔だった。人間、欲にまみれると、こうなるのか。きっと自分も、同じような顔をしているのだろう。そう思ったら、お蕗は悲しいような、おかしいような気持ちになった。

「何を笑っているんだよ」

柏がいらだったように叫んだ。

「あんたはかわいそうな女だねぇ。金の使い方ってもんが全然分かってないよ」

お蕗は言った。

「じゃあ、あんたは分かっているのかよ。壺に入れて庭に埋めて、それがあんたの言ういい使い方なのかよ」

「そうだよ。あたしは、その金で安心ってものを手に入れた。少なくとも、あんたが来るまではね。病気になったり、怪我をしたり、だれかと喧嘩して、もうここにはいたくないと思ったとき、当座の金があればなんとかなる。明日のことを心配しないですむ」

「はん」

柏が声をあげた。

「つまんないねぇ。うまい飯を食ったり、いい酒を飲んだり、着飾ったりするために金ってぇもんはあるんだろ」

「はぁ」

今度はお蕗が鼻を鳴らした。

「あんたはそういう使い方ができたのかい？　男に使われちまったんだろ。いい思いをしたのはわずかの間で、後には悔しい気持ちだけが残ったんじゃないのかい」

「そんなことはないよ。ぜんぜん違うよ。いい加減なことを言うんじゃないよ」

柏が目を吊り上げた。

「ほう」

お蕗はからかうような言い方をした。柏は頬をふくらませた。

「そりゃあ、あのときは、あたしも少し舞い上がっていたんだよ。痛い教訓だ。だけど、二度は間違わないよ」

「そうかねぇ。あんたはもともと二枚目に弱いんだよ。顔に惚れるほうだ。甘い言葉をかけられると、ころりだよ」

「うるさい、うるさい」

柏は怒鳴った。

もう少しだな。お蕗は胸のうちでつぶやいた。そろそろ桔梗や杉次や樅助が朝の鍛錬に出て来る時刻だ。二人の声を聞きつけてこちらにやって来るだろう。壺のひみつが知れてしまうのは仕方がない。それは後で考えることだ。目下は柏を取り押さえること。

それだけだ。

「悪いけど、あんたになんかもう用はない。ありがとね。こいつはもらっていくよ」

立ち去ろうとした柏の抱えた壺が、カランと音を立てた。小石が投げられたのだ。

カラン、コツン、コン、カラン、コン、コン。

壺は派手な音を立てた。いつの間に来ていたのか、藪の陰から杉次が石を投げていた。

あわてて逃げ出そうとした柏の肩を、飛び出して来た桔梗がつかんだ。壺は腕からするりと抜けて地面に落ちた。ガシャンという音とともに壺は割れて、油紙に包んだかたまりが見えた。

「後の話はおかみさんといっしょに聞かせてもらうよ」

桔梗が言った。


柏は去って行った。

お蕗は今まで通り仕事をしている。金は元の持ち主に返すことにした。おばあさんは死んでいたし、店もなくなったが、残された孫が駒形で細々と商いをしていることが分かった。

訪ねて行ったら、川魚を出す料理屋だった。

お蕗の生まれた家と同じ商いだった。
五、六人も入ればいっぱいになってしまうような小さな店で、若い主が包丁を握り、赤ん坊を背負った女房が客の相手をしていた。お客は職人や奉公人で、どじょう鍋や小鮒の串焼きに舌鼓を打っていた。

金は、別の日、お松が持って行った。上手に話をしたらしく、ずいぶん驚かれたが無事に納めてくれたそうだ。お松はみやげだと言って、小鮒の串焼きを持って帰って来た。

お蕗はそれを食べた。

父親が人にだまされて店を失って以来、お蕗はどじょうも鮒も口にしていない。久しぶりに食べた小鮒の串焼きは懐かしい味がした。

上野広小路から湯島天神に至る坂道の途中に如月庵はある。知る人ぞ知る小さな宿だが、とびっきりのもてなしが待っている。

ここで働く人たちは、それぞれひみつを持っている。

ほかの人には知られたくない過去のこと、心の奥のやわらかいところに隠して、人に見せない大切なこと、それがひみつだ。お蕗も紅葉も桔梗も樅助も杉次も、少し重たくて辛いひみつを抱えている。

もしかしたら、如月庵という宿も大事なひみつを隠しているのかもしれない。

この作品は書き下ろしです。

湯島天神坂
お宿如月庵へようこそ
十三夜の巻

中島久枝

2021年11月5日　第1刷発行

発行者　千葉 均
発行所　株式会社ポプラ社
〒102-8519　東京都千代田区麹町4-2-6
ホームページ　www.poplar.co.jp
フォーマットデザイン　bookwall
組版・校正　株式会社鷗来堂
印刷・製本　中央精版印刷株式会社

N.D.C.913/263p/15cm　ISBN978-4-591-17173-8

P8101432